나의 행복한 결혼

목차

나의 행복한 결혼 | 등장인물 소개

사이모리 미요
사이모리가의 장녀. 어린 시절의 어머니를 잃고 새어머니와 이복동생에게 학대당하며 자랐다.

쿠도 키요카
명가 쿠도가의 당주. 제국 육군 대이특무소대 대장. 당대 최고의 이능력자.

우스이 나오시
이능심교의 조사. 스미의 약혼자 후보였다.

사이모리 스미
미요의 친어머니. 고인.

진노우치 카오루코
키요카의 부하이자 약혼자 후보였던 사람.

타카이히토
황태자. 계시의 능력을 지녔다.

오오카이토 마사시
제국 육군 참모본부 소장. 키요카의 상사.

우스바 아라타
미요의 사촌 오빠이자 우스바가 당주의 아들.

타츠이시 카즈시
타츠이시가의 당주. 해술(解術)의 천재.

쿠도 하즈키
키요카의 누나. 자식이 한 명 있다.

고도 요시토
대이특무소대 소속. 키요카의 충성스러운 부하.

유리에
쿠도가의 사용인.

서장

연말이 다가오는 음력 섣달.

이미 해는 지평선 아래로 저물어, 주변은 차가운 어스름에 뒤덮여 생물의 기척도 느껴지지 않을 만큼 고요했다.

타카이히토는 열려있는 장지 창문 너머로 어둠 속에 흐릿하게 보이는 겨울의 정원을 바라보았다.

"——그럼 정말로 괜찮으신 겁니까."

그의 등 뒤에서 묻는 이는 군대의 요직에 앉아있으며 타카이히토와도 연이 깊은 군인, 오오카이토 마사시였다.

작은 불빛만이 비추는 추운 실내에는 이 두 사람 외엔 주로 정치적 측근으로서 황제를 지지하는 내대신의 모습도 있다.

현재 내대신을 맡은 타카쿠라는 타카이히토가 황제 대신 공무를 보기 시작할 때 그 역직에 취임한 남자다.

아직 30대 초반으로 젊은 나이지만 유연한 사고방식을 지녔기에 우수하고 나이도 가까워 타카이히토가 가장 신뢰하는 인간 중 한 명이다.

타카이히토는 두 사람을 돌아보지 않은 채 가볍게 고개를 끄덕였다.

섣달그믐의 궁중 행사인 액막이 의식도 저녁에는 끝났고, 내일부터 시작되는 분주한 일정에 대비하려는 듯 사람의 모습은 없었다.

황제를 곁에서 모시며 보좌하는 궁내대신 및 시종장도 자리를 비우고 실내에는 세 사람뿐이었다.

"좋다. 황제의 실종은 백성들에게 알려져선 안 되는 일. 군대를 총동원해서 찾는다면 알아차리는 자도 있을 테지. ……어찌 되었듯 지금은 찾을 수 없다. 그보다도 모두 제대로 쉬게 하거라. 새해가 밝으면 느긋하게 쉴 수도 없으니."

이능심교가 저지른 것으로 추정되는 황제 납치 사건은 커다란 문제다. 하지만 타카이히토는 일부러 그 중대한 사실을 국민에게 숨기고 있었다.

눈을 감으면 이곳이 아닌 시간과 장소가 눈꺼풀 뒤에 비친다. 눈이 내리는 제도. 싸우는 사람들의 목소리마저 들리는 것만 같다. 그리고 그것은 가까운 미래에 실현

된다.

지금껏 타카이히토가 '본' 미래는 그리 많지 않았고, 그 순간에 도달하게 되는 길을 뚜렷하게 제시해주는 것도 아니다. 하지만 직감한다. 이 미래는 피할 수 없는 커다란 흐름이다.

그렇다면 지금은 공연히 소란을 피우지 않고 그 파도가 올 때까지 힘을 비축해두는 것이 가장 좋다.

얼어붙을 듯한 바람이 쏴아아 소리를 내면서 얼마 남지 않은 낙엽을 휘감으며 불어닥친다.

타카이히토는 몸이 떨릴 것 같아 손수 창문을 닫았다.

"황제께선 무사하신 거죠?"

타카쿠라가 확인하듯 물었다.

"아주 무사하시다. 이능심교도 굳이 죽이기 위하여 황제를 데려가는 번거로운 짓을 할 리 없을 테지."

타카이히토는 대답한 뒤 방석 위에 앉았다.

"나로서는 그대로 퇴장해주셔도 좋은 일이다만——."

"설마 그건…… 너무나도."

자조적으로 흘린 본심에 오오카이토가 다소 비판적인 목소리로 중얼거렸고, 타카쿠라도 말문이 막혔다.

신하들의 노골적인 반응을 본 타카이히토는 희미하게 입꼬리를 끌어올렸다.

나라를 이끌어가는 자로서, 백성을 생각하기에 친아버지의 죽음마저 바란다. 오오카이토의 말대로 너무나도 비정한 발언을 하는 자기자신에게 넌더리가 났다.

권위와 지위만은 아직 건재한 황제와 실권을 쥔 차기 황제. 두 사람이 양립하는 현 상황은 내전의 화근이 될 뿐이라는 건 불 보듯 뻔하다.

이능심교가 황제를 시해한다면 얼마나 쉽게 해결될까.

'확실히 이래서야 나는 사람답지 못한 사람이겠구나.'

백성은 타카이히토의 가계를 신의 피가 흐르는 일족이라며 숭상한다. 그렇기에 분명 인간답지 않게 정이 희박한 것이겠지. 농담과 비아냥을 섞어 그렇게 생각했다.

"한데 두 사람. 예의 그 건은 진행되고 있느냐?"

"순조롭다고 말씀드리고 싶지만…… 그렇지는 않습니다. 군대에서는 반대의견이 많아 역시나 어려운 듯합니다."

"마찬가지입니다. 궁내대신을 비롯해 많은 정치가와 관료들이 반발하고 있습니다."

"당연하겠지. 하나 효율을 생각하면 이것이 최선이니 아무쪼록 추진해다오."

"노력하겠습니다."

"알겠습니다."

"최대한 서두르도록."

오오카이토와 타카쿠라가 공손히 인사하는 것을 지켜본 후 느릿한 움직임으로 팔걸이에 팔을 걸쳐 턱을 괴었다.

타카이히토가 지닌 계시의 이능은 아직 불완전하다.

구조는 모르지만, 정식으로 황위를 이어받지 않으면 신에게 인정받지 못해 완전한 계시의 이능은 손에 들어오지 않는다고 전해지고 있다.

따라서 역대 황태자가 그러했듯 타카이히토가 예지하는 미래도 불안정해서 한참 후의 미래이기도 하고, 고작 몇초 후의 일이기도 했다. 보고 싶은 미래를 볼 수 있는 것도 아니다.

얼마 전에도 불완전함이 치명타가 되어 현장에 혼란을 부르는 바람에 자칫 사이모리 미요를 이능심교에게 빼앗겨버릴 뻔했다.

조급해해도 능력은 향상되지 않으나, 그래도 보이는 범위 내 예지의 파편에서 할 수 있는 한 정확하게 미래를 예측하여 대책을 세워야만 한다.

"……정말로 이 길이 옳은 것일까."

도달해야 하는 미래에 필요한 요소는 몇몇 보인다. 하지만 역시 그건 전부가 아니기에 늘 감에 의존한다.

신의 혈족이라 불리며 신의 목소리를 듣는다고 일컬어

지는 타카이히토는 범인과 다름없이 머리를 굴릴 수밖에 없었다.

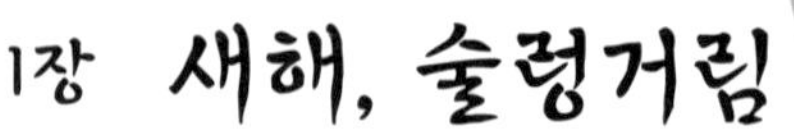

1장 새해, 술렁거림

집에서 나오자 차가운 공기가 얼굴에 꽂혔다.

현관 앞부터 주변 나무들까지 어제 내린 눈이 얇게 뒤덮여 눈 앞에 펼쳐진 세계를 희게 물들이고 있었다.

사이모리 미요는 현관문에 손을 올린 채 잠시 그 순백의 풍경을 감상했다.

"예쁘라……."

눈을 보고 그렇게 생각한 건 거의 처음인 것 같았다.

작년까지 겨울은 눈이 내리면 한층 더 추워지는 데다 허리가 뻐근하도록 무거운 눈을 치워야만 했기 때문에 느긋하게 눈이 내린 풍경을 바라볼 여유가 없었다.

그저 이렇게 순수하게 풍경을 아름답다고 감탄할 수 있는 순간에 깊은 행복을 느꼈다.

"아무래도 춥군."

완전히 눈에 마음을 빼앗겼던 미요는 등 뒤에서 들린 목소리에 숨이 멈췄다.

피부를 찌르는 냉기 속에 있는데도 뺨이 확 뜨거워졌다.

"네, 네에……."

수줍어서 뒤를 돌아보지 못했다. 어색하게 대답하는 미요를 그녀의 약혼자인 쿠도 키요카가 훌쩍 지나쳐 현관 앞으로 나갔다.

설날── 새해가 밝았지만 이미 아침이라고 하기에는 다소 늦은 시각.

미요와 키요카는 지금부터 둘이 함께 새해 첫 참배를 하러 나가기로 했다.

남색 기모노 위에 회색 코트를 걸친 키요카는 아름다운 풍경 속에서도 전혀 뒤지지 않는 미모였다. 아직도 그 미모에 익숙해지지 않았다.

한편 미요는 하얀색 바탕에 색색의 부채 무늬가 흩어져 있는 코몬(위아래 구분 없이 전체에 무늬가 들어가 있는 게 특징인 기모노. 격식 있는 복장이 아닌 평상복으로 입는다.)에 차분한 담황색 하오리를 걸치고 방한을 위해 목도리와 장갑을 착용했다.

정초이기 때문에 평소보다 조금 화려한 복장에다 어젯밤 일도 있었기에 구름 위를 걷는 듯한 불안정한 기분이었다.

'하지만, 하지만.'

전에는 기습 같은 것이었다. 하지만 어젯밤은 다르다.

미요 본인도 원해서── 했다. 입맞춤을.

두 번째라고 해서 익숙해질 리 없다. 오히려 전보다 한층 더 격렬한 부끄러움이 치밀어 도저히 키요카와 제대로 얼굴을 마주 볼 수 없었다.

스스로도 억지라고 생각하면서도 그의 등을 조금 원망 섞인 눈으로 쳐다보았다.

'……어째서 태연하신 건가요, 낭군님.'

키요카에겐 입맞춤 정도는 썩 대단한 일이 아닌 걸까.

확실히 새해가 와서 미요는 20살이 되었고, 키요카는 28살이 되었다. 미요도 상당히 늦은 편이지만, 그도 결혼하기에는 늦은 나이다.

키요카가 그 나이답게 다양한 경험을 했어도 전혀 이상하지 않다.

약혼자 후보였던 진노우치 카오루코와는 아무것도 없었다고 한다. 하지만 그가 결벽증이라고 할 정도로 완벽하게 여성을 멀리했던 게 아니라는 건 미요도 이미 알고 있다.

'낭군님……. 역시 그런, 파렴치한 것을…….'

생각만으로도 마치 삶은 문어처럼 얼굴이 달아올라 열

에 취해버릴 것 같았다.

'그런 것'에 익숙하지 않다면 아무리 두 번째이자 짧게 닿기만 한 입맞춤이었다고 해도 저렇게 침착할 수 있을 리 없다.

자신은 이렇게나 부끄러운데.

털이 보송보송한 장갑을 낀 손으로 보이지 않아도 빨개졌다는 걸 알 수 있는 두 뺨을 덮었다.

이렇게 가리지 않으면 혼자서 파렴치한 망상에 잠겨 얼굴이 빨개진 이상한 여자가 되고 만다.

"미요."

"……네."

"뭐 하는 거야. 가자."

돌아본 키요카는 무척이나 담담한 표정으로 이쪽을 향해 손을 내밀고 있다.

미요는 부끄러움을 꾹 참고 고개를 숙인 채 살짝 입술을 삐죽이며 얌전히 키요카에게 다가갔다.

하지만 그 행동은 그의 마음에 들지 않았던 모양이다.

키요카는 눈썹을 찌푸리더니 미요의 왼손을 잡고 한층 더 몸을 끌어당겼다.

"멍하니 걸으면 넘어져."

"죄, 죄송해요."

"사과하지 않아도 되니까 발밑 조심해. 눈 때문에 잘 미끄러지니까."

"네."

키요카는 그대로 손을 놓지 않고 천천히 걸어 나갔다.

장갑을 껴서 다행이다. 그렇지 않았다면 지금쯤 유독 뜨거워진 체온을 그가 이상하게 여겼을지도 모른다.

은은한 하얀색으로 물든 풍경이 걷는 속도에 맞춰 느릿하게 흘러간다.

지금부터 참배하러 가는 신사는 제도의 중심부보다 집에 더 가까운, 조금 외곽진 장소에 있다.

예년이었다면 쿠도 가가 대대로 신세 지고 있다는 옛 수도의 신사에 갔을 테지만 올해만큼은 그럴 수 없었다.

원인은 당연히 우스이 나오시가 이끄는 이능심교의 위협 때문이다.

미요가 몽견의 힘을 지녔기 때문에 이능심교에서 노린다는 것도 있지만, 그것만이 아니라 황제 유괴 때문이기도 하다.

제국의 국민은 황제가 그 자리에서 사라졌다는 사실을 눈치채지 못한 채 평온하게 신년을 축하하고 있다.

'……낭군님과 이렇게 정초를 보낼 수 있는 것도 타카이히토 님 덕분이야.'

서서히 얼굴의 열이 식자 미요는 아직도 쿵쿵 두근거리는 심장을 달래면서 키요카에게 잡힌 손을 바라보았다.

연말에 대이특무소대의 주둔소가 우스이에게 습격을 받은 건은 여전히 기억에 선명히 남아있다.

그리고 그 습격은 궁성에서 유폐나 마찬가지인 상태였던 황제를 이능심교가 납치하기 위한 양동작전이었다.

본래 황제가 납치되었다면 전대미문의 사건이다. 이런 식으로 평화롭게 지낼 수 있을 리 없다. 전국이 뒤집힐 정도로 큰 소란이 일어나고 키요카 같은 군인들은 물론이요, 국민도 총동원해서 수색하게 될 것이다.

하지만 타카이히토는 이능심교에 의한 황제 납치 사건에 엄중한 함구령을 깔았다.

정부 관계자에게도 정보 누설을 엄격하게 금지하고, 깨트렸을 때는 엄한 처벌이 있으리라는 공문이 내려왔다. 물론 미요도 일반인이긴 하지만 대상자다.

어디까지나 국민에게 알려선 안 된다. 이것이 타카이히토의 결정이었다.

따라서 섣달 동안은 일부 군인들을 동원하여 비밀리에 황제를 수색했으나, 그것도 연말에는 거의 멈추고 연말연시 휴가를 넉넉히 내려주었다.

"저기, 낭군님."

"뭐지?"

"……그, 정말로 이렇게 느긋하게 지내도 괜찮은 걸까요."

미요의 우려에 키요카는 걸음을 멈추지 않은 채 조용히 이쪽을 내려다보았다. 옅은 색의 눈동자는 무척이나 잔잔했다.

"타카이히토 님께서 그리하라고 말씀하신 이상 지금 상태여도 괜찮다는 뜻이겠지."

"폐하의 일도 마찬가지인가요?"

"그래. 황제의 몸에 진정으로 위험이 닥친다면 타카이히토 님의 계시로 파악할 수 있다. 그리고 타카이히토 님도 그걸 무시하진 않으시겠지."

황제는 미요에게 원수라고 불러도 되는 존재다.

친모인 사이모리 스미가 살아있을 때 황제가 우스바 가에 손을 대지 않았다면 스미와 미요의 고통은 반 이하로 줄었을 것이 틀림없었다. 괴로워하지 않을 수 있었다.

그 대신 미요는 세상에 태어나지 않았을지도 모르지만.

어쨌거나 미요는 황제를 순수하게 공경할 수 없었고, 그렇다고 해서 직접 만난 적도 없는 황제에게 강한 증오를 느끼지도 않았다.

그저 황제가 사라졌다는 걸 알면서도 모르는 척하며 지

내려니 가슴이 답답했다.

'……아니, 아니야.'

미요는 한숨을 한 번 쉬었다.

사실은 알고 있다. 그렇게 상황에서 이유를 찾아내 지금은 자신의 감정과 마주 볼 여유가 없다고 도망치는 것뿐이다.

손을 잡은 채 대각선 앞을 걷는 약혼자의 긴 머리카락이 찰랑이는 등을 바라보았다.

대이특무소대가 우스이의 습격을 받은 그때…… 분명히 미요의 가슴에 떠오른 감정. 그리고 어젯밤 입맞춤을 나눴을 때── 그 따뜻한 마음.

정체를 자각해버리면 어떻게 해야 할지 알 수 없어질 것 같아서 깊이 파고들지 못하고 있었다.

"미요."

"네, 네헵."

놀라서 이상한 목소리가 튀어 나갔다. 모처럼 식은 뺨에 이번에는 다른 의미로 다시 열이 모여들었다.

"어…… 지금 그건, 뭔가 말하는 게 낫나?"

황당하다는 듯한 키요카의 어조에 미요는 한층 더 부끄러워졌다.

"아뇨, 저기, 아무 말씀도, 하지 말아 주세요……."

한눈을 판 채로 걸으면 안 된다. 자신이 부끄러워질 뿐이다. 미요는 스스로를 굳게 타일렀다.

"그럼 네가 아침부터 보인 이상한 태도에 대해서도 추궁하지 않는 게 좋을까?"

"나, 낭……."

늘 그랬지만 키요카에겐 이미 들켰던 모양이다. 미요가 아침부터 들떴다가 풀이 죽었다가 오락가락하는 원인 또한.

말문이 막혀 망연해진 미요를 향해 키요카는 어쩔 수 없다는 듯 한숨을 쉰 후 웃었다.

"뭐, 대답하고 싶지 않다면 하지 않아도 괜찮아. 지금은 아직."

"…………."

침묵할 수밖에 없었다.

즉 지금은 눈감아줄 테지만 언젠가는 미요도 자신의 감정과 마주 보라는 뜻이다.

'나는…….'

설마 이런 문제에 직면하게 되는 날이 올 줄은 몰랐다.

처음에는 사이모리 가에서 도망칠 수 있다면 그걸로 충분했고, 더불어 평온한 생활을 보낼 수 있다면 그보다 더 큰 행복은 없다고 생각했다.

그랬는데—— 그보다 더한, 자신은 감당도 못 하고 분에 넘치기까지 한 행복이 있다니 전혀 상상하지 못했다. 자신과는 가장 거리가 먼 것이었는데.

어떻게 해야 할지 알 수 없었다.

은은하게 부끄러운 분위기를 두르며 두 사람은 한적한 농로(農路)를 천천히 지나 마침내 제도 외곽에 접어들었다.

교외는 한산했지만, 제도에 들어가자 두 사람과 같은 목적인 건지 제법 많은 사람이 길을 오가고 있었다.

다들 각자 정월 축하 분위기에 걸맞은 화사한 기모노를 입고 하얀 입김을 내뱉으면서 웃고 있다.

미요와 키요카도 손을 고쳐 잡은 뒤 떠들썩한 사람들 속으로 들어갔다.

"미요."

"네."

"그러고 보면…… 너는 지금까지 정초엔 어떻게 지냈지?"

입 밖에 낸 뒤에 복잡한 표정으로 얼굴을 찡그리고는 '아니, 됐어' 하고 말을 흐린 키요카를 보고 미요는 작게 웃었다.

이런 면모가 있으니까.

서툴지만 다정한 사람이니까, 그래서 자신은 그의 곁에

있고 싶다.

"괜찮습니다. 신기하게도 지금은 그 시절을 떠올려도 괴롭지 않으니까요."

"정말로?"

"네, 정말입니다. ……매해 정초는 저택에서 집을 봤습니다. 사용인도 대부분 귀성했고, 가족은――."

불현듯 아버지와 새어머니와 여동생의 모습이 뇌리에 떠올랐다. 하지만 그들을 가족이라고 스스럼없이 불러봤자 입 안이 살짝 씁쓸해질 뿐, 예전보다는 훨씬 평온했다.

정초는 좋아하지 않았다.

사이모리 가의 사람들은 인사하러 돌아다닌다고 분주해서, 새해 첫날부터 사흘간은 평소보다 힘들지 않았다. 하지만 그 대신 사흘이 지나면 새어머니와 이복동생은 인사하러 도는 동안 쌓인 울분을 해소하듯 평소보다 더 미요를 혹독하게 몰아세우는 일이 흔했다.

가족이 사흘간 집을 비운 사이 저택에 남은 소수의 사용인은 미요에게 친절히 대했고 정월 요리도 일부 나눠주었다. 하지만 그 후에 기다리는 고통을 생각하기만 해도 정초에 거부감밖에 들지 않았다.

그 세 사람이 없을 때만 건네는 이례적인 친절함은 필요 없다. 그러니 정초 같은 건 오지 않으면 좋겠다. 그렇게 생각하며 방에 틀어박혀 지냈다.

"가족은 새해 인사에 바쁜 듯했습니다. 저도 여느 때처럼 저택에서 일하는 사이에 순식간에 정초가 지나갔죠."

키요카의 커다란 손에서 전해지는 온기를 확인하며 애써 웃었다.

다정한 약혼자에게 당시 자신의 마음을 그대로 털어놓는 게 껄끄러워 무척 단적인 대답이 되고 말았다.

하지만 괜찮다. 키요카는 미요가 과거에 품고 있던, 자칫 새카만 늪처럼 빨려 들어갈 것 같은 추한 감정을 알 필요는 없다.

왜냐하면 그는 그런 것들을 모조리 말려버릴 만큼 쨍쨍한 빛을, 그 온기를 키요에게 주었다. 키요카는 미요의 이야기를 진지하게 들어주니 굳이 그런 그의 가슴이 아플 법한 이야기는 하지 않아도 된다.

"그래. 그럼 새해 참배에 간 적도 없는 건가?"

"새해 참배는, 기억에는 없지만 아마 친어머니가 살아계실 때 함께 갔을 겁니다. 하지만 그 후엔…… 하나와 저택에 있는 신단에 참배했죠. 하나가 떠난 뒤에는 혼자서 했고요."

본가에는 신단을 안치한 방이 있었다. 가족이 여행을 가거나 잠시 외출한 사이. 미요에게 신이란 바로 그 신단을 가리킨다.

키요카는 진심으로 못마땅하다는 듯 얼굴을 찡그렸다.

"그건 참배라고 할 수 있을지 애매하다고 본다만."

"……네. 새삼 생각해 보면 그 말씀이 맞는 것 같아요……."

쿠도 가의 기원은 옛 수도의 문관 가문, 그것도 주로 신과 관련된 일을 하는 일족이었다고 하니 그저 부끄러웠다.

"뭐, 괜찮아. 올해부터는 제대로 신사에서 참배할 수 있으니까. 지금까지 못 한 만큼 제대로 기도하고 가자. ──봐, 저기다."

키요카의 시선 끝을 따라가자 커다란 신사가 보였다.

묵직하게 자리한 큰 지붕과 금줄이 시선을 확 잡아당겼다. 토리이에서 그곳까지 이어지는 돌바닥 길은 사람으로 가득 채워져 있을 정도로 성황이었고, 새전함 앞까지 줄을 짓고 있었다.

이 신사는 제도에서 가장 큰 것도 아니고, 제사를 지내며 제도를 대표하는 신사는 따로 있다. 그런데도 이렇게 사람이 많으니 굉장하다.

"대단해요……!"

"놓치지 마."

참배객 행렬 맨 끝에 서서 수많은 사람이 만들어내는 소음을 들으며 순서를 기다렸다.

얼마나 기다렸을까. 드디어 미요와 키요카의 차례가 돌아왔다. 미요는 자신의 지갑에서 동전을 꺼내 새전함에 넣었다.

마찬가지로 새전을 넣은 키요카와 함께 두 번 인사한 뒤 손뼉을 두 번 쳤다. 지식은 알고 있었지만 익숙하지 않은 참배법에 살짝 긴장하며, 미요는 손을 모은 채 신에게 물었다.

'신이시여, 저는 앞으로 어떻게 해야 할까요.'

당연히 신에게서 대답은 없었다.

그래도 기도를 멈출 수 없었다.

'저는 낭군님과 함께 있고 싶습니다. 그것만으로는 안 되는 걸까요.'

사랑이라고 해도 다양한 형태가 있다. 우애, 친애, 가족애. 그렇다면 미요카가 키요카에게 느끼는 이 감정은?

그를 더 알고 싶다고 바라고, 그에게 가까이 가는 다른 여성을 질투하고, 떨어지기 싫다고 열망한다. 이런 감정에 이름을 붙여버려도 되는 걸까.

'——무서워.'

가슴속에 있는 사랑의 형태가 무엇인지 알아버리는 게

너무도 두렵다.

한 사람과 한 사람 사이에서 오가는 추하고 격렬한 감정을 미요는 잘 알고 있다. 그리고 그 감정이 타인마저 끌어들이고, 좀먹고, 불행하게 만들 수 있다는 것도.

생각이 깊은 곳으로 침잠한다. 하지만 어깨를 가볍게 두드리는 감각이 미요를 현실로 끌고 돌아왔다.

"미요, 괜찮아?"

"아, 네……."

허둥지둥 손을 내리고 꾸벅 인사한 뒤 이동했다. 아무래도 그저 기도라기에는 상당히 긴 시간이 지난 모양이었다.

언짢아하는 뒤쪽 참배객의 시선에서 도망치듯 키요카에게 잡혀 줄에서 이탈했다.

"낭군님. 죄, 죄송해요."

"아니……. 하지만 뭘 그렇게 열심히 바란 거지?"

두근. 심장이 뛰었다.

말할 수 없다. 말할 수 있을 리 없다. 새삼 생각해 보면 모처럼 새해 참배인데 영 불순한 일에 소모해버린 느낌이 든다.

자신의 마음속에 있는 고민이라면 신에게 상담하는 게 아니라 스스로 생각해야 한다.

갑자기 자신의 행동이 부끄러워진 미요는 고개를 숙였다.

"저기, 그게…… 그것이."

솔직하게 대답하면 분명 키요카는 어이없어할 테고, 애초에 선뜻 겉에 드러낼 수 있는 것도 아니다.

"――나는."

미요의 답을 기다리지 않고 키요카가 입을 열었다.

"나는 매년 제국이 평온하고 무사하길 기도하고 있다."

"네. 훌륭한 기원이라고 생각합니다."

참으로 제국 군인인 키요카다운 기도다. 왜 갑자기 그런 걸 말한 건지는 모르지만, 역시 그는 훌륭한 인물이라고 감탄하는 미요에게 키요카는 말을 이었다.

"하지만 올해는 기도를 하나 더 추가했지."

추위 때문인지, 고개를 갸우뚱거리며 올려다본 키요카의 귀가 살짝 붉었다.

"낭군님?"

"……너와 ――수 있기를."

……중요한 부분은 목소리가 낮게 갈라져서 들리지 않았다.

하지만 미요는 되묻지 않고 입을 다물었다. 어쩐지 알 것 같았다.

'분명 나와 같은 마음이신 거야.'

같이 있고 싶다. 계속, 이 인생이 끝나는 날까지.

신사를 뒤로하며 미요는 살며시 소원을 추가했다.

참배를 마친 두 사람은 미리 정해놓지도 않았지만 자연스럽게 경내 안에 있는 상점가를 걸었다.

경내로 이어지는 참배객의 줄도 대단히 길었지만, 가게도 상당한 인파로 북적거렸다.

정초이므로 크기가 다양한 오뚝이며 장식이 달린 파마의 화살, 갈퀴 등 길조품을 파는 게 미요에게는 신기해서 걸으면서도 그만 빤히 응시하고 말았다.

"뭔가 신기한 거라도 있나?"

"네? 앗, 그게."

잘 보니 지나가는 사람 중 그렇게까지 가게에 시선을 빼앗긴 사람은 별로 없었다. 어린아이 정도였다.

다 큰 여자가 보일 행동이 아니었다며 미요는 얼굴이 새빨개져서 우물거렸다.

머리 위에서 쿡 하고 키요카의 작은 웃음소리가 떨어졌다.

"천천히 보도록 해."

"저기, 하지만 부끄러운데요……."

말하면서 살짝 들어 올린 시선 끝에는 부드럽게 미소

짓는 키요카가 있다. 그렇게 막연히 시선을 맞추고 서로를 바라보던 찰나.

저 멀리 인파의 혼잡함 속에 뒤섞여 별안간 술렁거림이 퍼졌다.

——아니, 미요가 알아차린 건 소리가 들린 뒤였지만 키요카는 그 전에 이미 소란스러운 쪽으로 날카로운 시선을 던지고 있었다.

"낭군님?"

"이형의 기척이 나."

"이런 곳에서요?"

"그래……."

떨떠름한 얼굴로 말을 흐리는 키요카. 이해할 수 없는 약혼자의 반응에 고개를 갸웃거리며 미요는 인파를 향해 시선을 던졌다.

기모노나 외투를 입은 사람들이 살짝 트인 공간에서 고리를 만들고 있었다. 중심에는 곡예사 같은 걸까. 사람이 여러 명 있는데, 아무래도 다들 그걸 구경하는 구경꾼인 모양이었다.

인파 저편은 잘 보이지 않는다. 하지만 키요카의 말처럼 이형이 있는 분위기는 아니었다.

"무언가 재주를 부리는 것처럼 보여요."

"아니—— 저건 이능심교일 거다."

미요는 퍼뜩 숨을 삼켰다.

'그건.'

짐작 가는 것이 있어 최근 연속으로 신문 기사에서 본 이야기를 뇌리에 떠올렸다.

사실 그 황제 납치 사건 이후 이능심교는 세력을 급속도로 확장해 제도의 백성도 그 존재를 인지하게 되었다.

이능심교. 어머니, 스미의 약혼자 후보였던 우스이 나오시가 이끄는 반제국 조직이다.

미요가 가까이서 대치한 건 역에서 한 번, 조사라고 하는 우스이가 대이특무소대 주둔소에 쳐들어왔을 때 한 번. 하지만 그 두 번의 조우로 우스이의 위협은 충분히 느꼈다.

제국 국민은 황제가 납치되었다는 것도, 범인이 이능심교라는 것도 모른다.

그걸 기회로 '이능심교는 이능을 사용할 수 있고, 그 초인적 능력으로 신세계를 구축하려 한다.'라는 홍보문구를 내세워 착착 신도를 늘리고 있다고 한다.

물론 엉터리라고, 사기 같다고 일축하는 국민도 많아 다들 이능심교를 지지하는 건 아니다.

하지만 실제로 이능심교가 뒤에서 저지른 악랄한 활동

을 모른 채, 세간이 그들의 선전 활동에 큰 관심을 보이고 있다는 건 확실했다.

인파의 중심에는 검은 코트를 걸친 사람들이 세 명 정도 서 있었다. 그중 한 남자가 또랑또랑한 목소리로 무언가를 선전하고 있었다.

"우리는 이능심교에 속한 평정단입니다. 여러분, 이것을 봐주십시오."

검은 코트를 입은 또 다른 사람이 들고 있던 등나무 새장 같은 것을 들어 올렸다.

그 순간 다시 술렁거림이 퍼져나갔다. 그중에는 비명마저 섞여 있는 것 같았다.

미요도 순간적으로 비명을 삼켰다.

"저건……."

새장 안에는 처음 보는 생물이 꿈틀거리고 있었다.

전신은 검은색에 가까운 진갈색으로, 군데군데 하얀 점이 퍼져 있다. 네발로 걷는 짐승처럼 보이지만 자세히 들여다보면 원숭이와 새를 섞은 듯한 모습이었다.

등에는 한 쌍의 날개. 앞발엔 털에 뒤덮인 다섯 개의 손가락이 있고, 뒷다리는 발가락이 세 개인 새 발. 진갈색 깃털로 덮인 얼굴은 불그스름한 원숭이 같았는데 검은 부리가 달렸고 괴성을 지르고 있었다.

'무서워. 설마 저게 이형인 거야?'

내장 밑바닥에서 끓어오르는 듯한 본능적인 두려움에 오한이 퍼졌다.

"믿기지 않는군. 아주 제멋대로 굴고 있어."

키요카는 살짝 눈썹을 찡그리더니 품에서 하얀 종이를 꺼내 식신을 만들었다. 여러 장의 식신은 그의 손에서 떨어지자마자 둥실 날아올라 공중을 미끄러지듯 날아갔다.

그의 얼굴은 직전에 본 온화한 표정과는 완전히 다른, 싸늘함마저 느껴질 만큼 일말의 빈틈도 없는 군인의 얼굴로 변모해 있었다.

"낭군님."

"신경 쓰지 마. 당직자에게 신고한 것뿐이다. 저렇게 당당하게 행동하고는 있지만, 녀석들은 범죄집단이고 체포 대상이니까."

미요는 너무나 큰 충격에 살짝 몸을 떨면서 고개를 숙였다.

그러는 동안에도 평정단이라고 밝힌 자들은 무언가를 계속 떠들고 있었다.

"이것은 예로부터 이 제국 곳곳에 존재하는 괴물. 우리는 '이형'이라고 부르고 있지만── 요괴라고도 불리며, 내버려 두면 인간에게 해를 끼칩니다."

손짓, 발짓을 덧붙이며 그럴싸하게 이야기하는 검은 코트의 남자는 묘하게 신빙성을 느껴지게 했다.

사람들은 정신없이 빠져드는 정도까지는 아니어도, 상당수가 뚫어지게 쳐다보았다.

"낭군님, 제가…… 어째서 이형이 보이는 거죠?"

20년을 살면서 이형을 본 건 처음 있는 일이었다. 미요는 놀라서 키요카에게 물었다.

견귀의 재능이 없는 미요의 눈에 무시무시한 이형의 모습이 지금도 선명하게 보이는 것은 본래 말이 안 되는 현상이다.

신중하게 상황을 살피자 이형의 모습이 모이는 건 미요만이 아니었다. 아마도 견귀의 재능이 없을, 이능심교의 자들을 에워싼 구경꾼 대다수가 이형을 넣은 새장을 가리키며 겁에 질린 표정을 짓거나 호기심에 찬 시선을 보내고 있었다.

키요카가 생각에 잠기듯 턱에 손을 댔다.

"같은 현상이 이미 몇 건 보고되었어. 조사 중이지만, 본래 견귀의 재능이 없는 자에게 이형의 모습을 보여주는 기술, 혹은 견귀의 재능이 없는 자라도 볼 수 있는 이형을 이능심교가 만들어낸 건지도 모른다."

"그런 게 가능한가요?"

쉽게 믿어지지 않았다. 목소리가 흔들렸다.

아무리 우스이라고 해도 그런 비현실적인 기술을 개발할 수 있을까.

이형을 볼 수 있는 건 견귀의 재능을 가진 자, 그리고 그 상위 존재인 이능력자로 한정된다. 이 사실이 흔들린 적은 지금까지 없었을 터인데.

"모르지. 하지만 이능이나 이형 연구는 우리보다 이능심교 쪽이 두세 걸음 앞서 있어. 녀석들이 이쪽에서 파악하지 못한 기술을 보유하고 있어도 이상하진 않다."

답답한 듯한 키요카의 중얼거림을 듣자, 어딘가 초조한 것 같으면서도 조금 기대해버리는 불편함을 느꼈다.

미요는 지금도 당당히 연설하는 이능심교 사람들을 조금 원망스럽게 쳐다보았다.

'만약 그런 기술이 있다면 나도…….'

바라고 또 바라도 결코 손에 들어오지 않았던 견귀의 재능.

그것만 있다면. 몇 번을 그렇게 바랐을까.

지금도 키요카와 같은 풍경을 볼 수 있길 간절히 바라고 있다.

'이능심교는 비겁해.'

이렇게 없는 자의 간절한 소망을 자극한다. 그것이 그

들의 책략이라는 걸 알고 있음에도.

무의식중에 움켜쥔 손이 희미하게 떨렸다. 하지만 키요카가 그 손을 다독이듯이 부드럽게 마주잡았다.

"미요."

"네."

"너는 그대로도 괜찮아."

키요카의 어조는 단호해서 약간의 동요도 없었다. 그 강인함에 흠칫했다.

"낭군님……."

키요카의 말은 늘 용기를 준다. 가슴을 태우던 부러움이 서서히 기세를 죽이며 흐려지는 느낌이 들었다. 미요는 다시 인파 쪽으로 시선을 던졌다.

이능심교의 연설은 여전히 이어지고 있었다.

"이러한 이형은 예로부터 이 제국에 창궐하고 있죠. 하지만 정부는 그 존재를 숨기고, 적극적으로 대처하지 않고 위협을 방치하고 있습니다. 지금도 우리의 일상이 위협받고 있는데도!"

웅성웅성. 사람들 사이에서 불안해하는 목소리가 퍼져나갔다.

사정을 알면 그들의 주장은 엉터리라는 걸 알 수 있다.

정부는 딱히 이형의 존재를 숨기지 않았다. 그저 대부

분 믿지 않을 뿐이다.

심지어 퇴치를 게을리한 적도 없다. 설령 이형이라고 해도 닥치는 대로 퇴치하는 게 아니라 불필요한 살생을 피하고 있을 뿐, 정말로 위험한 이형은 키요카 같은 이능력자가 나서서 섬멸하고 있다.

전국 곳곳에 이형이 존재하는 건 사실이다. 하지만 사람들에게 해를 끼치지 않는 이형을 공연히 죽이진 않는다. 지극히 당연한 방식이라고 할 수 있다.

바꿔 말하자면, 이능심교는 죄가 없는 생명까지 몰살하는 걸 권장한다.

미요는 그들의 주장에 도저히 찬성할 수 없었다.

주변에 동요가 퍼진 것에 기분이 좋아졌는지 평정단이라는 이능심교의 사람들은 한층 더 역설했다.

"하지만 저희 이능심교 및 평정단은 다릅니다. 이형을 섬멸하는 힘인 '이능'을 지녔고, 진정으로 정의감이 있는 사람에게는 이능을 부여하여 인류의 적인 이형을 적극적으로 퇴치하고 있습니다. 저희가 여러분을 지키겠다고 약속드립니다! 자, 주목해주시죠."

다시금 조금 전의 이형이 들어있는 새장을 높이 치켜들었다.

그 안에선 여전히 진갈색 생물이 날카로운 울음소리를

내며 버둥거리고 있었다.

"지금부터 보여드리는 건 이형을 퇴치하는 신의 힘. 이능이라 불리는, 선택받은 자만이 손에 넣을 수 있는 경이적인 힘입니다. 두 눈 크게 뜨고 보십시오!"

새장을 들어 올린 자, 연설하는 자와는 별개로 옆에서 대기하고 있던 세 번째 사람. 검은 코트를 걸친 그 인물이 앞으로 걸어 나와 오른손을 들어 올리자 이형이 든 새장 바닥에서 물 같은 것이 서서히 차올랐다.

구경꾼들 사이에서 경악하는 소리가 터졌다.

이능이기 때문에 당연히 속임수도 장치도 없다. 다만 새장 속에 물이 차오르면서 마침내 이형의 몸이 절반 정도 잠기게 되었다.

"낭군님……."

무심코 매달리듯 키요카의 코트 소매를 붙잡았다.

이대로는 새장 속 이형은 분명 이능심교 사람들의 이능에 죽는다. 이형에 실체는 없다. 하지만 분명히 저곳에 존재하는 하나의 생명이다.

저래서야 무의미하게 야생동물을 쏴 죽이는 것과 다를 게 없다. 설령 저 행위 자체가 죄가 되진 않는다고 해도, 결코 좋은 행동은 아니었다.

가슴이 뒤숭숭하게 술렁거렸다.

공포와도 슬픔과도 다르다. 참으로 불쾌한 기분이었다.

"기다려. ──왔다."

"네?"

키요카가 쳐다본 방향을 따라 미요도 시선을 움직였다.

그 끝에 익숙한 군복을 입은 집단을 발견했다.

"자자. 잠시 비켜주세요~."

군중들에게 가벼운 어조로 말을 던지며 선두를 걷는 사람은 고도였다. 그 뒤로 미요도 봤던 대이특무소대 사람들이 따라갔다.

"제국 육군 소속, 대이특무소대입니다. 길을 비켜주세요~."

육군이라는 이름을 듣고 그들이 입은 군복을 보자, 사람들은 놀랄 만큼 노골적으로 그들을 피하며 길 가장자리로 물러났다.

"그럼 전원 행동 개시. 후딱 체포합시다."

"알겠습니다."

고도의 성의 없는 지시를 따라 대이특무소대 대원들은 인파를 가르며 이능심교 사람들을 체포했다.

잠시 상황을 지켜본 고도가 활짝 웃는 얼굴로 손을 흔들며 이쪽으로 다가왔다.

"신고 협력 감사합니다~."

"너 말이다."

웃으면서 나온 부하의 농에 키요카는 황당함 섞인 얼굴로 이마를 짚었다.

"이야, 감사합니다! 역시 대장님."

"장난이 지나치다."

"하지만요~ 이렇게 분위기를 띄우면서 하지 않으면…… 못 해 먹겠다고 해야 하나."

고도는 잔뜩 지친 표정으로 호들갑스럽게 어깨를 축 늘어트리더니 한숨을 쉬었다.

늘 쾌활하게 실실 웃는 그가 이런 태도를 보이다니, 어지간한 일이 아닐까.

"……일이 바쁘신가요?"

걱정이 된 미요가 묻자 고도는 갑자기 힘차게 고개를 들었다.

"네! 바로 그겁니다! 진짜 너무 바빠서 죽을 것 같아요. 새해가 되자마자 무슨 민폐인지."

"미요. 이 녀석의 주장은 진지하게 안 들어도 돼."

"왜 그렇게 말씀하시는 건데요! 마치 제가 일부러 동정을 사려는 것처럼 들리잖습니까."

발을 동동 구를 듯한 기세로 분개하는 고도를 향한 키요카의 시선은 한없이 싸늘했다.

"아닌가? 네가 까불거리는 건 지금만이 아니라 늘 그렇잖아."

"하지만 정초인데요! 아무리 당직이라고 해도 이렇게 혹사당하는 건 수긍할 수 없어요."

"오래 쉬었던 만큼 정력적으로 일하고 싶다면서 네가 자원한 일이다."

키요카의 일축에 고도는 두 손으로 얼굴을 덮고는 '너무해. 너무해요'라며 한탄했다.

아무래도 대이특무소대가 바쁜 건 맞긴 하지만, 고도가 특히 더 힘든 상태는 아닌 모양이었다.

그건 그렇다 치고, 대이특무소대의 대응은 참으로 신속했다.

'대단해. 순식간에 정리됐어…….'

도착하자마자 즉각 이능심교 사람들을 체포해서 연행했다. 미요가 신경 쓰던 새장 속 이형도 이미 대원이 확보해놓았다.

이형이 무사한지 염려하는 것도 이상한 이야기지만, 어떻게든 소멸은 피할 수 있길 바랐다.

이능심교를 중심으로 형성되었던 인파도 군대의 개입에 흥이 깨진 건지 두려움을 느낀 건지 조금씩 흩어졌다.

다만 최근에는 이런 이능심교의 활동이 제도 여기저기

에서 이뤄지고 있다는 보도가 매일같이 들린다.

이번에는 어떻게든 수습했지만 빙산의 일각에 불과할 것이다.

"하지만 진짜로, 이능심교의 활동 범위는 점점 넓어지고 있고 이런 연설이나 이형 퇴치 시연 회수도 늘어나고 있잖아요. 지금은 그나마 대장님이 휴가를 받을 수 있을 정도로는 여유가 있지만, 조만간 저희만으로는 일손이 부족하게 될 것 같아요."

고도가 말하자 키요카는 냉정하게 고개를 끄덕였다.

"그래. ——이형이 일반인에게도 보이는 원인은 알 것 같나?"

"글쎄요. 아무튼 시료가 없으니까 사설은 세울 수 있어도 입증이 어렵죠. 이번에 무사한 건 아니지만 문제의 이형은 손에 넣었으니……."

고도는 부자연스럽게 말을 끊고 곁눈질로 미요의 얼굴을 살폈다.

그의 말에서 저 새장에 갇혀있던 이형이 실험에 쓰인다는 건 상상할 수 있었다. 아마도 고도는 미요의 기분이 상할 것을 걱정하는 모양이었다.

하지만 미요도 세상이 이상적으로만 돌아가지 않는다는 것 정도는 알고 있다.

"신경 쓰지 말고 계속하세요."

"죄송합니다. ……아마도 앞으로는 연구가 다소 진행될 겁니다. 뭐, 그래도 이능심교를 따라잡는 건 무리겠지만요."

"그렇겠지. 주둔소에 돌아가면 바로 조사를 진행하도록 의뢰해."

"알겠습니다."

고도는 경례 후 대원들에게 돌아갔다. 이러니저러니 해도 그는 키요카의 우수한 부하다.

키요카는 고도가 떠나자 살짝 짜증이 난 듯 앞머리를 헝클어트렸다.

"미요. 미안하지만——."

"네. 압니다."

미요는 약혼자의 생각을 정확하게 파악하고 선수를 쳐서 고개를 끄덕였다.

이 사건을 조우하고 키요카가 군대에 신고했다고 들었을 때부터 알고 있었던 바이다.

"이것을."

키요카가 작게 접힌 하얀 종이 세 개를 건넸다. 식신을 만들 때 사용하는 것과 같은 종이로 보였다.

"전에 줬던, 개량한 부적은 갖고 있지?"

"앗, 네."

비상사태를 대비한 호신용 식신인 모양이다.

미요도 견귀의 재능은 없지만 이능력자 나부랭이다. 술자로서의 소양은 일정 수준 이상 보유하고 있다. 더불어 키요카의 수제 부적은 술식 발동을 보조해주게끔 개량되어 있다.

아무것도 없는 상태에서 식신을 만드는 건 아직 어렵지만, 보조가 있다면 간신히 이런 도구를 다룰 수 있게 되었다.

"돌아오는 게 늦어질지도 모르지만 여기서 기다려줘. 나도 네게서 눈을 떼지 않도록 하겠지만 무슨 일이 생기면 그걸 쓰고."

그 말을 끝으로 흩어져가는 인파를 가르며 부하의 뒤를 쫓는 키요카의 뒷모습을 바라보았다.

사실은 조금 불안하다.

하지만 무엇보다 키요카는 미요의 약혼자이기 전에 제국과 백성을 지키는 이능력자이며 군인이다.

바로 옆에 있어 달라고, 혼자 두지 말아 달라고 억지를 부릴 수 없었다.

그는 미요의 안전을 가장 먼저 생각해준다. 이능심교를 발견해도 본인이 직접 그들을 막으러 가지 않고 굳이 부하들을 부른 것도 분명 미요의 안전을 우선했기 때문이다.

키요카가 대원들에게 지시를 내리는 모습이 보였다.

지금도 이렇게 몸을 지킬 수 있도록 고려하고, 미요의 시야에서 일절 벗어나지 않는다. 아직 우스이가 노리고 있는 미요를 최대한 지켜준다.

그러니 군인의 아내로서 묵묵히 키요카를 보내는 것 말고는 선택지가 없었다.

'나도 들떠있기만 해선 안 돼.'

미요는 손안의 종잇조각을 가슴 앞에서 꼭 움켜쥐었다.

❀ ❀ ❀

다음 날 아침 신문은 저마다 '설날, 신사에 이형 출현'이라고 크게 보도했다.

기사의 취지는 이능심교의 활동을 상세하게 소개하고, 그들이 말하는 이형이 대체 어떤 존재인지에 대한 것으로 채워져 있었다.

하지만 여태까지 이형이나 이능의 존재를 숨겨온 정부나 군대에 대한 불신을 드러내며 비난하는 기사도 있었다.

당연하게도 아침부터 키요카의 얼굴은 떨떠름했다.

미요는 무슨 말을 해야 할지 모른 채 밥상 위에 떡국과 조림, 초무침 등 정월 요리를 올려놓았다.

"하아. ……미요."

"네."

뱃속 깊은 곳에서 나온 듯한 무거운 한숨을 흘린 키요카가 신문에서 시선을 들었다.

"오늘은 주둔소에 간다. 너도 와 줘야겠어."

"알겠습니다."

"——읽겠어?"

미요는 고개를 끄덕인 뒤 키요카가 건넨 신문지를 펼치고 대강 훑어보았다.

역시나 담담하다고는 할 수 없을 만큼 커다란 글씨로 이능, 이형이라는 글자가 적혀있고 악감정을 환기하는 말투로 적혀있었다.

사실 군대에는 처음부터 이형에 대처하기 위한 전문 부서—— 대이특무소대가 설치되어 있다. 하지만 이형이 나타났을 때 이능심교의 고발대로 대처를 게을리한다면 제국민의 혈세를 쏟을 의미가 있냐는 내용이었다.

'어째서 이런 식으로 적는 거지.'

제국민은 대부분 대이특무소대의 임무 수행 현장을 본

적이 없다.

한편으로 이능심교의 적극적인 선전은 제도에 살거나 제도를 찾아온 사람이라면 누구나 한번은 들었을 게 틀림없다.

어느 쪽의 주장을 믿기 쉬운지―― 객관적으로 생각했을 때 이런 의견이 나와도 어쩔 수 없을지도 모른다.

원래 이능력자는 일반인들에게 이해받지 못하는 존재였다.

애초에 황제가 대대로 계시라는 이능 유무에 따라 계승되는 존재라는 것도 일반적인 지식이 아니고, 국정을 맡은 일부 인간만이 아는 정보다.

많은 제국민은 황태자의 구체적인 선정 방법을 모르고, 황제는 신의 자손이기 때문에 고귀하다고 믿는다.

더불어 유신 이전의 상류계급에선 황제를 섬기며 이형과 싸우는 이능력자를 당연하게 받아들였다. 하지만 신비보다 과학이 주류가 된 현대에는 작위를 지녔음에도 이능이나 이형을 사기라고 단언하는 사람이 적지 않을 정도다.

이형을 보는 자도, 인간이 이형과 마주치는 일도 옛날보다 줄어들었다고 한다.

그래서 이능력자나 이형이 어떠한 존재인지 일반인들

은 전혀 이해하지 못하고 있다.

그래도.

이능심교의 주장만을 퍼트리고 군대는 뭘 하고 있냐며 경솔하게 비난하는 자세는 허용하기 힘들었다.

미요가 느끼는 어두운 감정을 알아차린 건지 키요카는 '그렇게 화내지 마'라고 중얼거렸다.

"세간의 인식이란 그런 법이야. 먼 옛날부터 이능력자의 존재를 확실하게 인지하고 있었던 건 지배계급 인간과 그들을 직접 모시는 인간 정도였으니까. 오해받는 것도 새삼스럽지."

"하지만 낭군님께서 모처럼……."

본인이 신경 쓰지 않는다고 하니 이 답답한 심정을 어디로 보내야 할지 곤란했다.

무심코 눈썹이 팔자로 기울며 무거운 한숨이 흘러나왔다.

그러자 키요카의 손이 격려하듯 미요의 어깨 위에 살며시 올라왔다.

"신경 쓰지 마. ——하지만 문제는 앞으로 세간이 보일 반응과 거기에 어떻게 대처하냐는 건데."

이능심교의 활동은 하나하나는 소규모에다 단시간이어도 사람들이 모이는 장소에서 몇 번씩 실시하고 있다.

그런 상황에서 매일같이 이런 보도가 나온다면 이야기가 퍼지면서 여론이 정부와 군대를 비방하는 쪽으로 기울게 틀림없다.

그 공격의 표적이 되는 대이특무소대에 실릴 부담이 얼마나 클지.

새해가 되자마자 생긴 고민거리에 미요는 아무리 키요카가 격려해주어도 우울해지는 걸 막을 수 없었다.

"아, 그보다 미요."

"네?"

"슬슬 그 건을 준비해줘."

무슨 소리인지 잠시 고민한 미요는 어떠한 제안을 떠올렸다.

"그 건…… 이라면, 정말로 실현하시는 건가요?"

"타카이히토 님께서 의욕적이시니까. 반대하는 자도 많지만, 그분의 의사 하나만 있다면 불가능하진 않아."

그 일.

이능심교가 노리는 것으로 추정되는 미요와 타카이히토, 두 사람의 신병을 한곳에 두고 집중적으로 수비한다는 대담한 작전이다.

미요가 표적이라는 건 여태까지 일어난 일로 보아 자명했으나, 아무래도 타카이히토의 몸도 위험한 모양이었다. 정확하게는 이능심교가 황제를 납치한 건 그 권위가 목적인 모양인 듯한데, 실권을 지녔으며 황제와 대등한 영향력을 발휘하는 타카이히토가 방해되기 때문이다.

이능심교는 조만간 타카이히토를 배제하려 들 것이다.

따라서 그러한 작전이 나온 것이다.

구체적으로는 타카이히토가 궁성 밖으로 나오는 건 그리 좋은 수가 아니므로 미요, 그리고 신뢰할 수 있는 인간만을 궁성 안에 들인 뒤 대이특무소대를 중심으로 이능심교에 대항할 수 있는 무력으로 수비한다……. 이것이 타카이히토가 제안한 작전이었다.

하지만 타카이히토가 궁성 밖으로 나가는 것과 마찬가지로 외부 인간을 궁성에 여럿 들이는 것도 경비 상 악수라고 할 수밖에 없다.

그 결과 연말이 되어도 정부와 궁내청의 허락이 나오지 않았기에 미요는 '그러한 작전이 실현될지도 모른다'라는 가능성 정도로만 인식하고 있었는데.

아무래도 드디어 현실성을 띠기 시작한 모양이다.

"그럼……."

"그래. 타카이히토 님의 일정이 안정되는 7일 이후에 대이특무소대의 거점도 궁성 안으로 옮기고 경비를 굳히게 될 것 같다."

미요는 무의식중에 입가로 손을 가져갔다.

용케 그토록 황당한——이렇게 말하면 불경죄가 될 테지만——작전이 통과되었다. 타카이히토도 그렇지만 그와 함께 행동하는 오오카이토의 수완도 가늠할 수 없을 정도다.

나라의 중추이자 제국 내에서도 가장 고귀한 일족의 거처는 그 정도로 폐쇄적인 장소이자, 폐쇄적이어야만 하는 핵심지이다.

후 하고 짧게 숨을 뱉은 키요카가 조용히 눈을 감았다.

"물론 너도 와야 한다. 며칠, 그래, 보름 정도는 머무를 수 있도록 준비해줘."

"알겠습니다."

미요가 긍정의 답을 돌려주자 키요카가 '그리고' 하며 말을 이었다.

"네 시중인으로 누나와 유리에도 따라와달라고 했다. 이야기는 이쪽에서 전해두지."

"엇……. 그래도 되나요?"

예상치 못한 좋은 소식에 놀랐다.

이번에 궁성에서 보호받아야 할 사람은 타카이히토와 미요 두 명.

본래대로라면 일반인인 미요가 타카이히토와 동등하게

호위받는 것만으로도 황공한 일이다. 그렇지만 미요 혼자서 궁성에 머무르게 된다면 황공함이 지나쳐 식사도 목을 넘어가지 않을지 모른다며 불안했다.

더불어 궁성이므로 시중인이라고 해도 분명 군대의 관계자나 궁내청 사람이 붙을 거라고 생각했었다.

하지만 하즈키와 유리에게 따라와 준다면 이보다 든든할 수 없다.

'언니는 이능력자인데다 오오카이토 님의 전 부인이니 이해할 수 있지만, 유리에 씨도 허락해주시다니…….'

정성스러운 배려에 타카이히토와 오오카이토에게 마음속으로 깊이 감사했다.

"번거롭게 하는구나."

미안한 듯 눈썹꼬리가 내려간 키요카를 향해 미요는 고개를 저었다.

"괜찮습니다, 낭군님. ……제가 할 수 있는 일이라면 뭐든 하겠습니다."

이렇게 된 것도 따지고 보면 미요가 우스이의 표적이 된 게 원인이다. 키요카에게 고마워하면 고마워했지, 번거롭게 한다며 화낼 일은 아니었다.

오히려 사과해야 하는 건――.

"저야말로 계속 폐를 끼쳐서 죄송해요."

미요는 타타미에 손가락을 짚고 머리를 숙였다.

이렇게 한 건 얼마 만일까.

봄에 이 집에 온 뒤로 바닥에 머리를 조아리며 사죄하는 일은 없어졌다. 작년 이 무렵에는 하루에 몇 번이나 당연하다는 듯 했었는데.

"하지 마, 미요."

키요카의 당황한 목소리가 조금 우스워서, 미요는 웃는 얼굴로 고개를 들었다.

이 집에서, 그의 곁에서 처음으로 사람이 된 느낌이 들었다. 칭찬을 받고 격려해주는 걸 알았다. 그것이 미요를 얼마나 사람답게 만들어주었을까.

그러니 키요카에게 사과받을 일은 하나도 없다. 미요가 얼마나 노력해도 모두 갚을 수 없을 만큼 많은 것을 받았으니까.

"낭군님. 감사합니다."

조용히 뱉은 감사의 말은 미요의 손을 덮듯이 잡은 키요카의 손에서 전해지는 온기와 함께 받아들여 주었다.

역시 이대로도 충분하다.

이 가슴속에 있는 감정에 이름을 붙여서 밖으로 꺼낼 필요는, 없다.

미요는 따스한 감정을 가슴속 깊은 곳에 살그머니 집어

넣고 보이지 않도록 숨겼다.

2장 궁성과 좌불안석

아직 새해가 된 지 사흘도 되지 않았는데 키요카는 여느 때와 같은 군복을 입고 대이특무소대의 주둔소로 출근했다.

정초의 아침 출근이기에 약혼자인 미요에게는 면목이 없었지만, 그녀도 그녀대로 생각하는 바가 있는 건지 전혀 불편해하는 기색을 보이지 않고 도시락까지 만들어주었다.

주둔소 내에는 역시 당직자 말고도 많은 대원이 출근해 있었다.

자신들과 관련이 있는 사안이라고 해도, 말단인 일개 부서에 불과한 대이특무소대가 이번 신문 보도에 관해 할 수 있는 일은 없다.

따라서 많은 대원이 있어도 딱히 구체적인 임무를 줄

수 있는 건 아니지만, 가만히 있을 수 없다는 건 아마 다들 같은 기분일 것이라고 상상이 갔다.

"대장님~, 곧 오오카이토 소장님이 오십니다."

먼저 출근한 고도의 확인에 가볍게 고개를 끄덕였다.

집무실은 벌써 불만 사항과 문의를 정리한 서류로 어수신했다.

이것들은 대부분 투서로, 일단 한차례 보고를 올리면 무시해도 괜찮기는 하지만 양이 어마어마했다.

더불어 이능심교 관련 사건 말고도 평소보다 몇 배는 되는 이형 관련 정보가 모여들어 이미 군 본부에서도 대응에 쫓기는 상황이라고 한다.

하지만 그만두라고 해서 그만두게 할 수 있는 것도 아니고, 퍼져버린 이야기는 수습할 수 없다. 대이특무소대는 그때그때 대응할 수밖에 없었다.

고도도 지긋지긋하다는 표정으로 책상 위에 서류를 툭 던졌다.

"……조금 더 서류를 정리한 뒤에 간다."

"에이, 저도 가도 되나요?"

잠깐 주저했다.

골치 아픈 서류작업에서 도망치고 싶다는 고도의 꿍꿍이는 뻔히 보였지만, 부관인 이 남자를 데려가서 나쁠 건 없다.

앞으로 키요카가 계속 지시를 내리고 현장을 지휘할 수 있으리라는 보장이 없으니까.

"그래. 그럼 어느 정도 잡일은 무의미하게 출근해서 한가한 녀석들에게 돌리도록."

"넵. 만세."

키요카는 한숨을 쉬고 자리에서 일어났다.

대화하는 사이에 슬슬 오오카이토가 찾아올 시각이 가까워졌다. 두 사람은 우선 책상 위를 그대로 두고 주둔소 현관으로 향했다.

얼마 후 오오카이토가 자동차를 타고 도착했다.

"미안하다, 키요카. 이런 날에 회의하러 불러내서."

"저야말로 찾아오게 해서 죄송합니다."

"고도도 수고한다."

"아뇨, 저는 신경 쓰지 마시죠."

상층부의 일원으로서 직접 이능심교의 고발 및 관련 보도 대처에 동원되고 있는 오오카이토는 정초 연휴를 반납하고 일하고 있을 것이다. 그 날카로운 얼굴에도 피로가 살짝 묻어났다.

"하지만 키요카. 너는 모처럼 휴일이었는데. 여유롭게 보내고 싶었지?"

상사의 말에 키요카가 무표정을 가장하며 '일이니까요'라고 대답하자 고집불통이라고 말하고 싶은 듯한 시선이 돌아왔다.

너무 집요하게 말하면 어쩔 수 없는 일이라며 스스로를 타일렀던 게 흔들릴 것 같으니까 그만뒀으면 좋겠는데.

응접실로 이동하며 키요카는 소소한 앙갚음 차원에서 중얼거렸다.

"휴일에 일하는 건 각하도 마찬가지 아닙니까. 평소라면 다망하다고 하나 연초에는 어느 정도 쉬셨을 텐데요."

그러자 오오카이토는 원래도 험상궂은 얼굴을 한층 더 찡그렸다.

"……그렇지. 미안하다."

"누나도 어쩐지 쓸쓸해 보였으니 또 아사히와 함께 만나러 가 주십시오."

어제 완전히 해가 저문 뒤이긴 했지만, 귀가 전에 쿠도 가의 본저택에 들러서 누나 하즈키와 신년 인사를 나눴다.

연말에도 사적인 파티에서 만나긴 했지만, 누나 나름대로 전 남편인 오오카이토가 인사하러 오지 않는 걸 걱정하며 아들인 아사히를 만나지 못하는 것도 마음에 걸리는 듯했다.

키요카가 말하자 오오카이토 또한 누나가 지었던 것과 같은, 희미한 수심에 잠긴 표정을 지었다.

"그래. 상황이 진정되고 나면 만나러 가야지."

깨끗하게 청소된 응접실에 들어가 두 사람이 마주 보고 소파에 앉자 고도가 차를 가져오겠다고 하고 왔던 길을 돌아갔다.

차가 나오는 걸 기다리지 않고 키요카와 오오카이토는 바로 본론에 들어갔다.

"타카이히토 님의 계획이 통과된 것은 이미 전해졌지?"

"네."

7일 이후에 바로 궁성으로 옮길 수 있도록 각 곳에서 준비를 개시했다.

'이능심교가 노리는 건 타카이히토 님의 목숨과 미요의 신병이 틀림없어.'

이 점은 사정을 아는 사람 대부분 견해가 일치했다.

우선 이능심교가 가장 먼저 황제를 납치한 건 그 권위를 손에 넣기 위해서다.

황제를 손에 넣고 괴뢰로 삼은 뒤 실권을 쥔 차기 황제인 타카이히토를 해치면 이능심교는 누구의 방해도 받지 않고 황제의 이름 아래 나라를 뜻대로 운영할 수 있다.

왜냐하면 달리 따라야 할 사람이 없기 때문이다. 고귀

한 신분을 지닌 인간은 여럿 있지만, 다들 계시가 없어 황위를 이어받을 자격 자체가 없다.

형식적인 계승순위는 존재하나 국가를 이끌어가는 능력 유무, 이능이나 견귀의 재능 유무, 인망 유무── 그러한 요소를 두고 국가의 중추가 싸울 것이 명백하다.

썩어도 준치. 황제의 붕어 외 양위를 인정하는 제도가 없는 현 상황에서는 설령 계시를 잃었다고 해도 황제가 국가운영의 지표임은 달라지지 않는다.

따라서 황제를 납치하고 타카이히토를 시해하는 게 이능심교의 목표이다.

또 미요의 신병도 내버려 둘 수는 없다. 그녀에게는 몽견의 힘이 있다.

몽견은 잠든 사람의 꿈속에 들어가 꿈을 조종하는 힘이다. 꿈속에서 세뇌하는 것도, 꿈에 가둬서 눈을 뜨지 못하게 하는 것도 용이하다.

물론 미요는 그런 행위를 하지 않을 테지만, 인질을 잡는 등 그녀가 힘을 쓸 수밖에 없는 상황을 이능심교에서 만든다면 상관없다.

'개인적인 감정도 없다고는 할 수 없겠지만.'

그걸 제외한다고 해도 미요를 빼앗긴다는 건 위험으로 직결된다.

궁성에 온갖 것을 집결시키는 건 배수진 같아서 키요카는 그리 내키지 않았다. 하지만 두 사람을 동시에 지키기 위해서는 타카이히토의 작전이 가장 효율적이었다.

"정부와 궁내청의 승인은 얻었어. 그쪽은 예정대로 진행해줘."

불만이 표정에 드러나지 않도록 키요카는 얌전히 고개를 끄덕였다.

"알겠습니다."

오오카이토는 아마도 키요카의 불만을 예하리고 있을 테지만 아무런 지적도 하지 않았다.

대화가 멈추자 그 순간을 기다렸던 건지 고도가 쟁반을 들고 들어왔다.

"기다리셨습니다~."

2인분의 다기와 과자가 테이블에 놓이자 화제는 다음 내용으로 훌쩍 넘어갔다.

"――그래서, 최근 이능심교의 활동과 신문 기사 말인데."

두근. 맥박이 치는 듯한 긴장이 전신으로 퍼졌다.

이능심교 단속은 현재 후순위로 밀려났다.

견귀의 재능이 없는 사람도 이형이 보이는 현상도 조사가 순탄하지 않았고, 이렇게까지 이야기가 마구 퍼져버린 건 이형 관련 사건을 맡는 대이특무소대의 대장 키요카의 책임이라고 할 수 있었다.

우스이나 그에게 가담한 호죠의 행동을 제대로 포착하고 있었다면 이렇게 되진 않았을 것이다. 그 기회를 계속 놓치고 있는 건 명백한 과실이었다.

키요카에겐 변명의 여지가 없었다.

"그렇게 긴장하지 마. 상당히 변칙적인 사태이고, 딱히 널 비난할 마음은 없어. 이능이나 이형에 관한 연구가 이능심교보다 크게 뒤처지는 건 결코 네 탓이 아니니까. 타카이히토 님께서도 어쩔 수 없다고 말씀하셨다."

"하지만, 조금 더 잘할 수도 있었지 않았을까요."

지나간 일을 계속 붙잡고 있어도 생산적이지 않다. 하지만 실제로 몇 번이나 우스이에게 당한 키요카가 미련을 끊어낼 수 있을 리 없었다.

오오카이토는 그런 키요카의 반응을 보며 입꼬리를 살짝 올렸다.

"그리 너답지 않은 소리 하지 마. 너라면 후회하기보다는 다음에 어떻게 할지 생각할 거 아냐? 나도 그렇게 하는 게 좋다고 본다."

"……송구합니다."

키요카가 살짝 머리를 숙이자 오오카이토는 한숨을 쉬며 턱을 쓰다듬었다.

"하지만 이번 일은 애초에 이상하단 말이지."
"이상하다뇨?"
"이형에 관해선 처음부터 정보통제가 되어있었을 텐데."
이형이나 이능에 관한 화제는 늘 정부가 관리하고 있다.
가끔 규제망에서 벗어난 정보가 세간에 나오기도 하지만, 대부분이 명백한 헛소리라면서 웃어넘길 수 있는 정도의 작은 규모였다.
크게 소란을 일으키면 그 회사나 기자는 반드시 정부에게 찍히기 때문이다.
따라서 아무리 이능심교가 떠들어대도 이형이나 이능 정보를 복수의 신문사가 대대적으로 보도한다는 건 보통 일이 아니었다.
"어디서 어떻게 규제가 느슨해진 건지……. 이미 신문사에 압력을 가해 정정 기사를 내도록 준비했지만, 큰 효과는 바랄 수 없겠지."
정정해봤자 반대로 '군대는 진실이 보도되자 불리해져서 신문사에 압력을 가한 거겠지.'라며 기사의 신빙성을 키워주고 끝날 게 뻔하다.
이능심교의 고발을 옮긴 기사를 실은 회사가 한두 군데가 아니며, 심지어 몇 번씩 보도되는 바람에 민중이 기사 내용을 받아들이기에는 차고 넘쳤다. 정정해봤자 늦었다.

“여론을 뒤집으려면 다른 공적을 세워서 그쪽을 크게 보도하는 것 말고는 없겠군요.”

“맞는 말이야. 다만 그것도 당장은 어떻게 할 수 없어.”

군대에서 대규모 공적이 나오려면 전쟁이라도 일으켜야 한다.

즉 지금 상황에서 가장 좋은 답은――.

“이형 관련 보도를 철저히 막고, 자연스럽게 소란이 사그라들기를 기다리는 거군요.”

키요카 옆에서 대기하고 있던 고도가 손을 들고 끼어들었다.

‘그래’라고 대답한 오오카이토의 표정은 어두웠다.

‘하지만 그건 잘되지 않겠지.’

이런 사태를 부를 정도로 규제가 느슨해진 건 지금까지 한 번도 없다. 그렇다는 건 이렇게 되도록 손을 쓴 자가 있다는 소리다.

심지어 정부에 가까운, 국가 운영을 담당하는 위치에.

그리고 그자에게는 반드시 목적이 있다. 정부를, 군대를, 대이특무소대를 실추시키고픈 목적이.

이형에 관련된 사람들의 기억이 풍화될 때까지 그 누군가가 얌전히 기다릴 리가 없다.

더불어 앞으로 이능심교의 고발이나 그들의 활동이 계

속 퍼져나간다면 국내에서 이능력자의 존재를 공공연히 이야기하게 되는 것도 시간문제다.

『조사께선 완전히 새로운 세계를 만들려 하신다. 그래, 모든 인간이 이능을 지닐 가능성이 열린 세계를.』

크게 외치는 호죠 가 남자의 목소리가 뇌리에 되살아났다.

상상하는 건 간단했다.

모든 인간이 이능을 지닌 세계를 만들기 위해서는 먼저 모든 인간이 이능의 존재를 알아야만 할 것이다.

'권력을 잡고, 이능과 이형의 존재를 전국에 알리고, 인공 이능력자를 늘린다. 그러면…….'

지금까지 우스이가 보인 행동에서 자연스럽게 그 목적이 도출되었다.

처음엔 황제의 권위를 사용해 현재의 국가 구조를 철폐할 것이다.

이능심교는 이능력자 우대를 내걸고 있다.

새로운 나라 운영에는 일반인보다도 신체적, 능력적으로 뛰어난 이능력자를 기용하며 한편으로는 이능이 없는 자들도 원한다면 인공 이능력자로 만들어낸다.

그리고 정점에 서는 게 우스바 가다.

우스바 가의 이능력자는 마음을 조종한다. 즉 이능력자

를 포함한 온갖 인간을 상대로 우위에 선다.

이능이 없는 일반인을 이능력자가 지배하고, 그 이능력자를 우스바 가가 지배한다. 이능심교는 그런 체제를 목표로 하고 있다고 추측할 수 있다.

'여태까지 보인 우스이의 행동도 그것을 위한 포석.'

황제를 납치하고 정부 내에 세력을 키우는 것도. 이능력자와 이형의 존재를 퍼트리는 것도.

현재의 나라를 일단 모조리 무너트리고 이능력자, 더불어 우스바의 이능력자가 우위에 선 새로운 체제를 구축하기 위한 기반을 다지는 중이라고 볼 수 있다.

그리고 그들이 목적을 이루면 황제조차 쓸모를 다했다며 말살할 것이다.

이래서는 완전히 이능력자도, 황제조차도 우스이의 손바닥 위에서 장난감처럼 놀아나고 있는 것이나 마찬가지다.

자신들이 나아가는 길은 정말로 옳은 길일까. 키요카는 의심을 지울 수 없었다.

"——키요카."

"네."

"마음의 준비를 해둬."

오오카이토가 딱딱한 표정으로 건넨 말은 무거웠다. 무

슨 마음의 준비냐고는 묻지 않았다. 물어보지 않아도 알 수 있었다.

군인이 준비해야만 하는 것은 오직 하나.

자연스럽게 주먹 쥔 손에 힘이 들어갔다. 고도의 얼굴을 힐끗 살피자, 이쪽도 표정이 살짝 굳어있었다.

“내란이, 일어나는 겁니까? ……아니, 죄송합니다.”

무심코 입 밖에 내고 만 듯한 고도가 서둘러 사과했지만, 오오카이토는 가볍게 손을 들어 만류했다.

“아니, 됐어. ……아직 확실한 징조가 있는 건 아닌 모양이야. 하지만 아무래도 타카이히토 님께서는 무언가 커다란 정변 같은 것이 일어난다고 예감하시는 듯한 느낌이다.”

키요카의 추측이 옳다면 틀림없이 정변이 일어난다.

이능심교가, 우스이가 나라를 전복하기 위한…… 모든 것을 타파하고 탈취하기 위한 정변이다.

한번 정변이 발발하면 설령 우스이의 꿍꿍이가 성공하지 못한다고 해도 정부도 군대도 무사할 수 없다. 당연히 대이특무소대도.

키요카는 무의식중에 미간을 문질렀다.

‘나는, 내가 해야 하는 일은――.’

군인으로서, 황가를 섬기는 이능력자로서 완수해야 하

는 역할은 달라지지 않았다.

하지만 그 무엇보다도 가장 먼저 약혼자의 얼굴이 떠올랐다. 그녀를 지킬 수 있다면 그걸로 괜찮을지도 모른다는 생각이 들고 말았다.

이미 자신은 군인으로서도 이능력자로서도 실격인 건지도 모른다.

❀ ❀ ❀

부드러운 미풍이 은은하고 상쾌한 풀빛 향기와 함께 뺨을 어루만졌다.

어느새 미요는 꿈과 현실을 오가듯 모호하게 흐릿한 풍경 속에 서 있었다.

'여기는 우스바 가인가?'

바스락바스락 나뭇잎이 스치는 소리만이 들린다. 풍광명미(風光明媚)한 고풍스러운 정원은 어디서 본 적이 있는 것 같았다.

미요의 친어머니인 스미가 사이모리 가에 시집갈 때까지 살던 집. 현재는 재건축을 거쳐 다른 외관이 되었지만, 미요의 할아버지인 요시로와 사촌오빠인 아라타가 지키고 있는 집이다.

언젠가의 과거였을 옛 우스바 가는 미요가 아는 지금의 우스바 가와는 생김새만이 아니라 분위기도 왠지 다른 느낌이었다.

'이건 꿈이야. ……그래. 전에도 우스바 가의 꿈을 꿨어.'

쿠도 가의 별장을 떠나 제도로 돌아오는 역에서 처음 우스이와 만난 뒤, 같은 장소에 온 적이 한 번 있다.

스미와 우스이 나오시가 화기애애하게 대화하고 있었다. 그렇다면 이번에는 대체 뭘까.

꿈속의 몽롱한 의식으로 윤곽이 흐릿한 자신의 두 손을 내려다본 미요는 생각했다.

애초에 왜 이렇게 꿈을 통해 과거의 우스바 가로 거슬러 올라오는 건지 알 수 없다.

몽견의 힘은 완전하지 않아도 상당히 제어하고 있다. 적어도 마음대로 이능이 발동하지 않을 정도로는.

그렇다면 미요가 무의식중에 힘을 사용한다는 셈이 되지만, 그런 게 가능할까.

『이 집은 이대로도 괜찮을까.』

머릿속에 떠오른 의문은 소녀의 목소리에 가로막혔다.

들려온 목소리는 역시나 현실에서는 기억에 없는, 하지만 꿈속에서는 몇 번이나 들어서 익혀버린 어머니의 목소리였다.

이건 예전에 꾼 꿈에서 몇 년 뒤인 걸까.

전에 우스이와 대화하던 때와 같은 천진난만함은 살짝 줄어들고 수심에 잠긴 목소리다.

『스미, 걱정하지 마. 내가 어떻게든, 정말 어떻게든 해 볼 테니까. 우스바도 우스이도 좋아하지 않지만, 그래도 널 위해서라면.』

이어서 바람을 타고 미요의 귀에 들려온 우스이의 속삭임.

조금 걸어가자 정원의 나무 그늘 밑에 두 사람의 모습이 보였다.

고개를 숙이고 나무 밑동에 앉은 스미. 우스이는 격려하듯 그녀의 앞에 쪼그려 앉아 그 손을 잡고 있다.

『고마워, 나오시. 하지만 분명 소용없을 거야. 우리 집에 압력을 가하는 건 어쩌면 무척…… 우리 집에서도 도저히 손을 댈 수 없는 고귀한 사람일지도 모르는걸.』

스미의 말에서 여기가 우스바 가가 몰락하기 시작한 무렵의 과거임을 깨달았다.

이후 무슨 일이 일어났는지 요시로에게서 들은 미요는 이미 알고 있다. 스미의 우려는 현실이 되어 우스바 가를 덮친다.

그녀가 말하는 고귀한 사람은 황제니까.

우스이는 괴로워하는 스미를 한층 격려하려는 건지, 그의 눈동자에 순간 날카롭고 싸늘한 빛이 깜빡인 느낌이 들었다.

『스미. 스미는 그런 건 신경 쓰지 않아도 돼. 널 곤란하게 만다는 것도 괴롭게 만드는 것도 슬프게 만드는 것도 전부, 전부 내가 부숴줄게.』

『……폭력은 좋지 않다고 말했잖아.』

『폭력도 나쁜 것만 있는 건 아니야. 싫은 건 부수고 또 부숴서 모조리 박살 내고, 그 후에 다정한 것과 좋아하는 것만을 모아서 새로 만들면 돼. 네가, 내가 다시 만들면 그건 전부 네 것이 돼. 너를 위한, 네게 다정한 것이 돼.』

등을 타고 오싹한 소름이 퍼졌다.

하지만 그렇게 느낀 건 방관자인 미요 뿐이었던 건지, 당사자인 스미는 기가 막힌다는 듯 힘없이 웃을 뿐이었다.

『정말이지, 그런 게 가능할 리 없잖아? 어린애 같은 농담은 그만해. 네 마음은 아주 잘 알았으니까.』

아니다. 우스이가 한 말은 농담이 아니다.

아마 저건 본심이다. 그는 훗날 이능심교를 만들어 지금 이 순간에도 무언가 커다란 것을 이루려 하고 있다.

미요는 저도 모르는 사이에 한 걸음 뒤로 물러났다. 그때 뒤로 내디딘 발이 바닥을 긁으며 작은 소리를 냈다.

"앗……."

동요해서 한 음절이 입술 밖으로 흘렀다.

이곳은 미요의 꿈속 세계니까 알아차릴 리도 없는데, 훔쳐본 게 들킬지도 모른다는 생각이 순간 들었기 때문이다.

반사적으로 두 손으로 입을 틀어막았으나 본래는 그럴 필요도 없다. 필요 없을, 터였다.

'어?'

우스이는 어째서인지 천천히 고개를 돌렸다.

망설임 없는 동작이 향한 곳은 미요가 서 있는 바로 이 장소였다.

'어째서…….'

이상한 빛을 머금은 청년의 눈동자가 이쪽을 보고 있다.

심장이 멈춰버릴 정도로 놀라고 긴장해서—— 뱀 앞의 개구리처럼 몸이 굳어버렸다. 직후 미요의 의식이 끊어졌다.

궁성으로 가는 날 아침은 하늘이 새파랗게 맑았다.

미요와 키요카는 이른 아침부터 재빨리 식사와 몸단장을 마친 뒤, 당분간 집을 비워두어도 괜찮도록 단단히 문

단속을 했다.

바쁘게 움직이고 있으면 어젯밤에 꾼 꿈에 대해 찬찬히 음미할 여유도 없다.

'나중에 생각해도…… 괜찮겠지.'

꿈에서 봤던 젊은 우스이의 눈.

분명히 미요 쪽을 본 것 같았지만, 어차피 꿈속에서 일어난 일이다. 지나친 생각일지도 모르고, 당장 급한 일도 아니다.

괜한 생각을 떨쳐내듯 미요는 미리 정리해두었던 숙박용 짐을 점검했다.

확인을 마친 짐부터 순서대로 현관으로 옮기면 키요카가 자동차 안에 실었다.

짐 운반이 끝나자, 미요와 키요카 두 사람이 타는 게 고작일 정도로 차 안은 만석이 되었다.

"……일부 짐은 미리 보내둘 걸 그랬군."

바로 운전석에 타 운전대를 잡은 키요카가 등 뒤로 힐끗 시선을 던지며 중얼거렸다.

미요도 조금 웃으며 고개를 끄덕였다.

"그러게요. 그러고 보면 언니와 유리에 씨는 따로 오시는 거죠?"

"그래. 궁성에서 합류하기로 했다."

눈이 녹아 살짝 눅눅해진 길을 따라 자동차가 천천히 발진했다.

지금부터 향하는 궁성에는 이미 대이특무소대의 간이 지부가 설치되어 있다고 한다.

키요카를 비롯한 대이특무소대 대원은 교대로 귀가할 수 있도록 하면서도 그곳에서 야영하는 형식을 취한다.

한편 미요와 그 시중인인 하즈키, 유리에 셋은 타카이히토의 궁과 연결복도로 이어져 있는 건물을 비워놓았으니 그곳에서 머무르기로 했다.

원래는 제사 등이 있을 때 소소한 회장이나 대기실처럼 쓰던 건물이라 숙박에는 적절하지 않았지만, 이 상황에서 그런 부분에 불만을 표할 수는 없었다.

대이특무소대의 이능력자들은 술사로서 힘을 사용하여 결계를 치고 타카이히토의 궁과 미요 일행이 머무르는 건물을 지킨다고 했다.

역시 제국에서 가장 고귀한 일족이 기거하는 궁성에 머무르면서, 심지어 차기 황제인 타카이히토와 동등한 호위를 받는다니 황송해서 몸이 움츠러들었다.

몸이 굳어 호흡법까지 잊어버릴 것만 같은 미요가 간신히 숨을 내쉬자 옆에 앉은 키요카가 '괜찮아' 하고 달래주었다.

"타카이히토 님께서 최대한 편의를 봐주신다고 말씀하셨다. 타카이히토 님 본인도 그리 딱딱하지 않은 분이시지. 여관 같은 곳에서 자는 거라고 생각하면 돼."

"……여관이라뇨, 그건."

정말로 여관에서 머무르는 것이라면 미요도 이렇게까지 긴장하지 않는다. 타카이히토의 거처를 여관이라고 생각하라니 도저히 불가능하다.

어릴 때부터 타카이히토와 교류하며 서로에게 익숙한 키요카라면 모를까.

'애초에 나는 타카이히토 님께 다가갈 수 있는 입장도 아니고.'

본가인 사이모리 가는 이능력자 일족이긴 했지만 이젠 강한 이능력자가 태어나지 않아 역할을 다할 수 없는 상태였다. 심지어 그나마 나아졌지만 미요는 본래 제대로 된 교육을 받지 않아 교양이 없는 인간이다.

상류계급 집안에 그런 딸이 있다면 보통은 가문의 수치가 되니 밖에 내보내지도 않고, 기껏해야 어딘가 사정이 있는 집안과 혼인을 맺어 치워버리거나, 죽을 때까지 집안에 숨겨놓고 키울 것이다.

예외 없이 미요도 냉혹하고 무자비하다는 소문이 퍼진 키요카에게 이복동생 대신 시집온 몸.

키요카가 다정한 사람이었기 때문에 지금은 행복하지만, 그렇지 않았다면 평생 괴로워하며 지냈을 터이다.

그런 처지였던 미요가 타카이히토를 한 번 만나 대화를 나눈 것만이 아니라 그 거처를 방문해서 숙박하게 되다니, 너무나도 황당무계한 사태다.

"자신을 가져. 지금 너는 쿠도 가 당주의 약혼자다. 궁성 정도는 별것 아니라는 얼굴로 활보하면 돼."

생각지도 못한 말에 놀라서 눈을 부릅떴다.

키요카는 계속 이능력자로 살아온 사람이다. 이능력자는 계시의 이능을 지닌 황제와 황태자에게 충성을 맹세한다.

그의 입에서 '궁성은 별것 아니다'라는 표현이 나오다니 너무 의외였다.

하지만 그렇게까지 말해서라도 키요카가 미요를 격려해주려고 한다는 걸 이해하자 웃을 때가 아닌데도 입꼬리가 느슨해졌다.

"감사합니다. 저 열심히 할게요. 열심히, 자신감을 갖겠습니다."

"그래. 아니, 자신감은 열심히 노력한다고 되는 게 아니라고 본다만. 누나가 있으니까 무슨 일이 있으면 누나처럼, 누나가 시키는 대로 하면 될 거다. ……아마도."

"네. 언니를 본받겠습니다."
"하지만 그, 적당히 해주고……."
대화하는 사이에 자동차는 미요가 잘 모르는 길로 들어갔다.
평소에는 거의 접근하지 않는 장소. 드디어 궁성이 가까워진 것이다.
궁성 주변 풍경은 같은 제도 안이어도 다른 곳과는 조금 분위기가 달랐다.
번화가와 비교하면 통행인도 확 줄어들고, 건물은 신식과 전통식이 혼재하는 잡다한 인상이 흐려진다. 잘 보자 커다란 회사의 사옥이 많았고 거리를 걷는 사람은 정장을 입은 회사원들이라 차분한 분위기가 감돌았다.
궁성과 외부를 가르는 장엄한 문 앞에는 문지기 외에도 군복을 입은 사람들이 보였다.
대이특무소대의 주둔소에서 본 듯한 인상의 그들은 자동차의 운전석에서 키요카의 모습을 발견하고는 부리나케 기립하며 경례했다.
키요카는 자동차를 그 근처에 세웠다.
"수고한다."
"대장님, 수고하십니다!"
"이 차는 잠시 근처에 세워두어도 괜찮겠지?"

"네! 문제없습니다."

대표로 대답한 대원에게 고개를 끄덕인 키요카는 다시 자동차를 발진시켜 궁성을 에워싼 담벼락을 따라 문 바로 옆에 다시 세웠다.

"여기서부터 문을 두 개 통과할 때까지 걸어갈 거야. 괜찮지?"

그 물음에 미요는 당연하다며 고개를 끄덕였다.

하지만 짐이 많아서 미요의 짐만으로도 가방이 세 개나 된다. 도저히 한 번에 나를 수 있는 양이 아니었다. 고민하고 있었더니 두 명의 대원이 다가와 짐을 운반하겠다고 나섰다.

염동력 같은 이능을 사용하면 쉽게 끝나지만, 이능력자는 일반인의 눈이 있는 장소에서는 이능을 최대한 사용하지 않는 게 암묵적인 규칙이다. 당연히 긴급 상황이나 이형 퇴치 등 어쩔 수 없을 때는 예외다.

미요는 귀중품이 들어간 작은 짐만 들고는, 문으로 당당히 들어가는 키요카의 뒤를 따라 걸어갔다.

가장 바깥 문에서 궁성 부지 안으로 들어가면 먼저 커다란 다리를 건너게 된다.

이것은 궁성 외부를 한 바퀴 에워싼 깊고 넓은 해자를 건너기 위한 다리로, 자동차 두 대가 여유롭게 오갈 수 있을 만큼 넓은데다 도보로 120걸음 정도는 필요할 만큼 길었다.

잠깐 전방에서 시선을 옮겨 다리 아래쪽 해자를 살펴보자 녹색의 탁한 물이라서 수면 아래는 보이지 않았다.

다리를 다 건너자 다시 문이 보였다. 조금 전에 통과한 문은 외문(外門)이고, 이번에는 내문(內門)이지만 이 문 너머에도 몇 겹이나 되는 해자와 연못 등으로 세세하게 구역이 나뉘어 있어 외적의 침입을 대비한다고 했다.

두 번째 문을 통과한 곳에는 질서정연한 통로와 여러 개의 정원이 있었다.

지금은 겨울이므로 정원을 즐길 기기는 아니지만, 나무와 꽃이 정갈하게 심겨 있는 정원은 봄이나 여름에 찾아온다면 무척이나 아름다울 것이다.

그곳에 한 대의 마차가 서 있었다.

설마 저걸 타는 걸까.

미요가 놀라고 있을 때 마침 키요카가 간단하게 설명했다.

"궁성의 부지 안을 이동하기 위한 전용 마차다. 손님용인데, 타카이히토 님께서 마련해주셨지."

"대, 대단하네요……."

요즘은 말을 사용한 이동 수단은 서서히 쇠퇴하여 다들

자전거, 자동차, 열차를 사용한다.

최근까지 외출도 제한되는 생활을 보냈던 미요는 진짜 말을 보는 것도 처음이었다.

"저걸 타고 타카이히토 님의 궁전에 간다."

곧장 마차로 다가가는 키요카를 따라 미요도 마차로 걸어갔다.

마차를 끄는 말은 제국 원산종이 아니라 서양에서 건너온, 몸집이 크고 힘이 강한 종이라고 했다. 미요 따위는 손쉽게 날려버릴 듯한 박력에 주눅이 들 것 같았다.

마차의 차체 쪽은 상자형이 아니었다. 훤히 보이는 좌석에 최소한의 지붕이 달린, 인력거와 비슷한 형태였다. 하지만 역시 궁성의 마차라고 해야 할까, 싸구려라는 느낌은 없고 좌석에 깔린 천만 놓고 봐도 최고급품이라는 걸 알 수 있었다.

미요가 먼저 키요카의 손을 빌려 조금 높은 위치에 있는 좌석으로 올라가자 이어서 키요카가 자력으로 올라탔다.

두 사람이 잘 앉은 것을 지켜본 마부가 고삐를 잡자 드디어 마차가 출발했다.

바퀴가 돌아가는 덜컹거리는 소리와 말발굽 소리를 들으며 주변을 둘러보자 작은 해자 너머에는 아마도 궁성과 관련된 시설일 청사 같은 건물들이 있었다. 그 건물에 사람들이 바쁘게 오가고 있다.

저 멀리에는 정원과는 별개로 숲처럼 나무가 우거진 장소도 보였다.

그리고 무엇보다 중앙에 세워진 커다란 궁전. 저것이 황제의 거처인 걸까. 미요는 이 궁성 부이 전체가 작은 마을이나 나라처럼 보였다.

마차는 정비된 길을 따라 여러 개의 다리를 건너고 연못과 해자를 넘어 중앙의 커다란 궁전을 지나간 곳에 있는 건물 앞에서 멈췄다.

타카이히토, 황태자를 위한 궁전이다.

황제의 궁전보다 조금 작지만, 그래도 크고 넓어 보였다.

미요와 키요카가 마차에서 내리자 곧바로 아는 얼굴들이 다가왔다.

"아, 미요!"

"언니."

가장 먼저 다가온 사람은 키요카의 누나인 하즈키.

최근에는 미요가 대이특무소대 주둔소에서 지내는 일이 많아 그녀에게 숙녀 교육을 받는 시간이 줄어들었다. 하지만 연말과 정초 등 만날 기회가 늘어나 미요는 참으로 기뻤다.

키요카는 변함없이 웃음기 없는 얼굴로 누나를 쳐다

봤다.

“누나…….”

“어머, 왜? 대원들은 이미 일하고 있어. 너도 빨리 가지 그래?”

“말하지 않아도 그럴 거야.”

누나의 잔소리에 키요카는 심기가 불편한 듯 눈썹을 찡그렸다.

살짝 긴장감이 감도는 분위기가 되었을 때, 하즈키 뒤에서 빼꼼 고개를 내민 사람은 유리에였다.

“도련님, 하즈키 님. 이러한 곳에서 싸우시는 건 조금 곤란하지 않겠습니까?”

만나면 아웅다웅하는 남매는 타당한 지적에 재빨리 험악한 기색을 치웠다.

미요는 상황이 안정된 순간을 노려 가볍게 고개를 숙이며 인사했다.

“좋은 아침입니다. 언니도, 유리에 씨도.”

“미요 님. 좋은 아침입니다.”

“좋은 아침, 미요.”

“그, 당분간 신세 지겠습니다.”

두 사람은 미요의 시중인으로서 여기에 왔다.

일단 보름이라고 듣기는 했으나, 얼마나 오래 걸릴지

알 수 없는 상태로 굳이 궁성에서 생활을 함께 해주는 셈이다. 감사해야만 했다.

하지만 하즈키와 유리에는 딱히 신경 쓰는 기색도 없이 쾌활하게 웃었다.

"미요는 아무것도 신경 안 써도 돼. 미요가 나쁜 짓을 한 것도 아니고, 상황적으로 어쩔 수 없었으니까. 가족으로서 협력하게 해줘."

"맞습니다, 미요 님. 유리에도 성은 처음이라 긴장되지만, 미요 님께서 제대로 안심하며 지내실 수 있도록 할 테니까요."

하즈키가 든든한 건 원래 그랬고, 이렇게 다들 주눅이 들게 되는 장소에서도 당당한 점은 역시나 키요카의 누나였다. 미요는 도저히 흉내 낼 수 없기에 감탄했다.

하지만 유리에도 처음이라 긴장했다는 것치고는 평소와 다름없이 온화한 표정이었다.

그걸 지적하자 이렇게 대답했다.

"어머, 미요 님. 유리에는 이렇게 나이를 먹은 할머니니까요, 어지간한 일로는 동요하지 않는답니다."

정말로, 이 두 사람이 시중인이라니 너무나 든든했다.

"감사합니다. 잘 부탁드려요……."

잠시 후 키요카와 미요의 짐꾼으로 나서주었던 대원들

이 나타났다. 그들에게서 받은 짐을 이번엔 타카이히토의 궁전에서 일하는 궁인들에게 맡겼다.

한차례 인사가 끝나자 미요 일행은 다시금 앞으로 어떻게 지낼지에 대해 회의하기로 했다.

회의라고 해도 딱딱하게 격식을 차린 건 아니고, 소소한 상의 정도의 수준이었다. 참가자는 키요카, 미요, 하즈키 그리고 아라타다.

장소를 옮기려고 한 절묘한 때를 맞춰 모습을 드러낸 아라타에게 키요카가 수상해 하는 시선을 던졌다.

"우스바 아라타. 지금까지 어디에 있었지?"

"하하하. 쿠도 소령님, 시시콜콜한 일에 신경 쓰면 머리 벗겨집니다."

미요는 사촌오빠의 모습을 빤히 뜯어보았다.

연한 색 조끼에 검은색 정장을 입고, 깔끔하게 맨 넥타이에 코트를 걸친 늘씬한 몸은 여느 때보다 더 고상해 보였다.

더불어 여전히 서글서글한 미소는 빈틈없는 호청년 그 자체였다.

아라타와는 하즈키와 마찬가지로 연말 파티에서도 만났고, 정초에도 우스바 가에 인사하러 가서 만났다. 두 번 다 그는 평소처럼, 정말로 예전과 무엇 하나 바뀌지 않은 모습이었다.

본래대로라면 기뻐해야 할 일이다. 황제를 속수무책으로 놓쳐버린 실수를 지나칠 정도로 의식하지 않는다는 뜻이니까.

하지만 아무래도 아라타의 표정을 보면 가슴이 술렁거렸다.

'내 착각이라면 다행이지만…….'

그는 사명감에 목숨을 건 사람이다. 또 우스바는 독자적인 규정 속에서 살고 있다지만 이능력자.

황제는 섬겨야 하고 지켜야 하는 주군이고, 아라타에게도 마찬가지일 터. 그런 그에게서 억지로 활발한 척하는 위태로움을 느끼는 건 미요 뿐인 걸까.

'아니, 괜한 생각은 하지 않는 게 나아. 내가 알아차린 일은, 더 많은 사정을 알고 계신 낭군님이라면 바로 추측할 수 있을 테니까.'

미요는 자기 일에 집중해야만 한다. 여기저기에 신경을 분산할 수 있을 만큼 요령이 좋지 않다는 건 자각하고 있다.

"미요."

"앗, 네."

자꾸만 깊이 파고들려고 하는 생각을 털어내자 그 원인

인 아라타가 붙임성 있는 미소를 지으며 말을 걸었다.

"제가 미요의 신변경호를 맡게 되었습니다."

"네. 들었습니다. 잘 부탁드립니다."

미요가 대답하자 아라타는 생긋 웃었다.

"미요와 함께 지낼 수 있어서 기뻐요. 이능 공부도 여기서 계속할 테니까 각오해주세요."

미요가 이능을 각성한 뒤로 아라타 강사에게 이능을 배우는 강의를 계속 받고 있었다. 최근에는 대이특무소대 주둔소에서 보내는 시간도 많아서 정체된 상태였지만, 타카이히토의 궁전에서 머무르는 동안에는 재개할 수 있을 모양이다.

미요는 자연스럽게 자세를 바로잡고 고개를 끄덕였다.

"네. 잘 부탁드립니다."

하지만 그토록 난색을 표하던, 아라타를 미요의 호위로 붙인다는 건을 허락했다는 점에서 키요카가 대단히 진심이라는 걸 알 수 있었다.

그리고 그만큼 이능심교가, 우스이 나오시가 버거운 상대라는 증거이기도 하다.

『싫은 건 부수고 또 부숴서 모조리 박살 내고──.』

그가 말하는, 싫은 것이란 무엇일까.

미요를 데리러 왔다고 했다. 그렇다면 부수려는 건……

죽이려는 건 아닐 것이다.

그렇다면 다른 건? 미요의 소중한, 잃고 싶지 않은 것, 사람. 그들은 어떻게 되는 걸까.

무서워서 상상할 수 없다.

"미요, 왜 그러시죠?"

사촌오빠의 눈이 이쪽을 들여다보았다.

아라타는 우스바 가의 인간이다. 우스바는 우스이의 본가 혈통이자 이어받는 이능도 동일 계통으로 정신에 작용하는 특수한 힘이다.

그렇다면. 미요는 의문으로 느끼던 걸 속삭이듯이 물었다.

"아라타 씨가 절 지켜주시는 건, 그 사람이 저를 노리기 때문이죠?"

"우스이 나오시 말이군요. 저는 언제든 미요를 호위하고 싶지만, 지금은 그렇게 되겠네요."

"그 사람의 이능은 강력해요. ……수단을 알고 계신가요?"

대항 수단이 있든 없든 아마 미요가 해야 할 일도 키요카의 판단도 아라타의 역할도 달라지지 않을 것이다. 하지만 물어보지 않을 수 없었다.

그토록 무시무시한, 모든 것을 부순다고 장담하는 존재에게 저항할 방법이 아무것도 없다고 생각하기 싫었다.

"저도 여러모로 생각하고는 있습니다."

"……유효한 수단이 있을 것 같나요?"

"글쎄요. 하지만 불확실한 것은 그리 말하고 싶지 않으니까, 지금은 아무런 대답도 못 드립니다."

확실히 설령 수단이 존재한다고 해도 이런 밖에서, 듣는 사람이 있는 장소에서 이야기할 일은 아니다.

미요는 자신의 생각이 짧았음을 반송하며 고개를 숙였다.

"자, 회의하러 가죠. 모든 건 거기서부터입니다."

아라타의 재촉에 타카이히토의 궁전 부지로 들어갔다.

외부인처럼 모르는 척할 수는 없다. 마음만이 조급해진다. 카오루코 건에서는 너무 끼어들었다고 반성했지만, 우스이 나오시와 관련된 일에는 미요도 틀림없는 당사자이다.

할 수 있는 일은 아무것도 없을지도 모른다. 이능조차 제대로 다루지 못하는 미요의 힘으로는.

하지만 손을 놓은 채 그저 보호받기만 해서는 안 되지 않을까.

'아니면, 나는 아무것도 안 하는 게 나을까?'

우스이와 대치했을 때는 무언가를 생각하기 전에 앞으로 뛰쳐나갔다.

하지만 그건 운 좋게 일이 흘러갔을 뿐이다. 미요가 죽지는 않았을지도 모르지만, 그 자리에 있던 전원의 목숨을 빼앗겼을지도 모르고, 키요카의 도착이 늦었다면 미요는 우스이에게 끌려갔을 것이다.

별다른 힘이 없는 자신은 대체 어떻게 해야 할까.

망설임을 안은 채 미요는 회의를 위해 마련된 방으로 들어가 방석 위에 앉았다.

"그리 중요한 화제인 건 아니다만."

서두를 뗀 키요카는 하나하나 확인 사항을 늘어놓았다.

미요가 이 타카이히토의 궁전에서 조심해야만 하는 건 먼저 궁전 부지 내에서 마음대로 나가지 않는 것. 허락 여부는 별개로 치고, 갈 수 있는 장소는 타카이히토가 거주하는 건물과 미요 일행이 머무르는 별관과 이 방뿐이다. 즉 그 두 개의 건물에 집중적으로 결계를 친다.

두 번째로 설령 아는 사람이라고 해도 사전에 연락이 없었던 자는 안에 들이지 않을 것. 이것은 당연히 우스이의 함정을 경계해서다.

그리고 세 번째로, 만약 타카이히토에게서 무언가 지시가 있다면 따를 것.

"타카이히토 님의 지시…… 가 있나요?"

미요는 썩 와닿지 않아서 키요카에게 물었다.

이번 작전은 군대── 특히 오오카이토 휘하 대이특무

소대가 중심이 되어 진행한다. 평소 황제나 황실을 경호하는 궁내청에도 전문 기술과 지식은 있을 테지만, 상대는 이능심교이기 때문이다.

조사라고 하는 우스이 나오시나 호쵸 가의 인물 등 이능력자도 있고, 더불어 인공적으로 이능력자를 만들어내는 기술까지 보유한 조직을 상대로 평범한 인간을 상대하는 경호로는 효과가 없다.

따라서 발기인은 타카이히토이긴 해도 비전투원인 그는 경비체제에 대해선 군대에 일임했다고 들었다.

“그래. 특히 너와 무언가 대화하고 싶으신 듯하셨다.”

“저, 저하고요.”

“그래.”

“대체 무슨 대화일까요……?”

‘글쎄’라고 대답한 키요카도 영 묘한 표정이었다.

타카이히토와 공통 화제가 있지도 않을 테고, 솔직히 대화가 맞을 것 같지도 않다. 미요와 타카이히토는 인간으로서의 성향도, 환경도, 아마도 사상도…… 전부 다 다르다.

“아무튼 타카이히토 님께서 무언가 부탁하신다면 따라줘.”

“앗, 네. 열심히 하겠습니다.”

기합이 들어가 대답하자 하즈키가 쿡쿡 웃었다.

"그렇게 긴장하지 않아도 괜찮아. 이상한 소릴 듣는다면 나도 협력할게. 맡겨줘, 겸사겸사 불평도 좀 하고――."

"누나! 아무리 그래도…… 타카이히토 님에게까지 잔소리할 생각은 아니겠지?"

"어머. 그분에게도 약점은 있는걸. 어린 시절 일이라거나."

"자꾸 남의 약점을 찌르려는 습관 좀 버려."

키요카가 미간에 깊은 주름을 만들거나 말거나 하즈키는 왠지 기분 좋다는 듯 웃고 있었다.

'어, 언니가 타카이히토 님께 잔소리하면 반드시 막아야겠어.'

하물며 약점을 잡고 차기 황제인 타카이히토를 굴복시킨다는 사태는 절대로, 반드시 회피해야 한다. 제국의 위신이 달려있다.

미요는 지금까지와는 다른 종류의 긴장감으로 가슴이 쿵쿵 뛰는 것을 느끼며 맹세했다.

"그런데 쿠도 소령님. 저에게도 따로 지시할 사항이 있죠?"

슬쩍 손을 들고 발언한 사람은 아라타였다.

미요의 신변경호는 아라타가 맡지만, 그는 군인이 아니

다. 실력은 뛰어나도 호위에 관련된 지식은 키요카만 못하다.

"그래. 우스바, 너도 외부 접촉을 제한하도록. 뭐, 종일 미요를 따라다녀야 하는 이상 밖을 돌아다닐 기회도 별로 없을 테지만."

"그렇죠. ……만약 우스이와 대치하게 되었을 때는 어떻게 대처할까요?"

흠칫 놀란 미요가 아라타의 얼굴을 보았다.

그 가정은 꼭 해야만 하는 걸까. 이만큼 굳건히 경호해도, 그래도 우스이가 여기까지 들어올 가능성이 있는 걸까.

'아니, 당연히 있어.'

우스이의 이능은 사람의 오감을 조작한다. 보초병을 아무리 많이 세우든 그들의 시각과 청각을 이능으로 조작해 버리면 의미가 없다.

특정한 인간을 튕겨내도록 결계에 조건을 달아 우스이가 내부로 들어오지 못하게 해도 반드시 안전하다고는 단언할 수 없는 건지도 모른다.

키요카도 바로 얼굴이 날카로워졌다.

"역시, 필요한가."

"당연합니다. 우스이 나오시에게 불가능이 없지는 않겠

죠. 그자가 전능하다면 지금쯤 이미 제국을 지배하며 그자에게 불필요한 것은 철저하게 배제했을 테지만, 그렇지 않으니까요. 그 이능에는 역시 제약이 있을 겁니다."

아라타는 한 호흡 끊은 뒤 키요카를 똑바로 응시했다.

"하지만, 그렇다고 해도 경비의 틈새를 뚫고 침입을 허락할 가능성도 전혀 없다고는 할 수 없습니다."

"……그래. 전면적으로 동의한다. 그럼 만에 하나 이 궁전 안에서 너와 미요 앞에 우스이 나오시가 나타난다면 미요를 지켜라. 거기서 여력이 있다면, 그때는."

키요카는 죽이라는 말은 입에 담지 않았다. 하지만 이 자리에 있는 전원이 그 뜻을 알아차렸다.

"생포할 필요는 없단 겁니까?"

"그럼 반대로 묻겠는데, 그자를 포박할 수 있나?"

키요카와 아라타, 두 사람의 날카로운 시선이 얽히고, 부딪치고, 불똥을 튀긴 것처럼 보였다.

팽팽한 분위기에 침을 꿀꺽 삼킨 사람은 하즈키였는지, 아니면 미요 자신이었는지. 구별이 가지 않을 만큼 두 사람의 박력에 삼켜질 것 같았다.

눈도 깜빡이지 않고 시선만으로 서로의 의사를 부딪친 두 사람이었으나, 먼저 가볍게 눈을 감아 긴박감을 끊은 건 아라타였다.

"무리군요. 태평하게 붙잡아둘 수 있을 리 없습니다."

"그렇겠지. 하지만 억지로 죽일 필요도 없다. 절대로 무리는 하지 마."

"알겠습니다. 명심하죠."

그 후 두세 개의 연락사항을 추가로 확인한 뒤 해산했다.

지금부터 이 궁전에서 보내는 생활을 앞두고 짐을 푸는 정도의 준비만 하면 되는 미요나 하즈키, 아라타와 다르게 키요카는 다망했다.

군대, 특히 대이특무소대의 일은 키요카가 없으면 돌아가지 않는다.

무리라는 건 이해하면서도 하다못해 너무 몰아세우지는 않길 기도하며 미요는 궁전 밖에 갖춰진 진영으로 향하는 약혼자의 모습을 배웅했다.

"자, 시끄러운 키요카도 사라졌으니까 우리는 빨리 짐을 풀고 편하게 쉬자."

하즈키는 생생하게 빛나는 미소를 지었다.

"역시 대단하네요. 이 상황에서도 편하게 쉴 수 있다니."

아라타가 단순히 감탄한 건지 비아냥인 건지 알 수 없

는 말을 입에 담았지만, 미요도 동감이었다. 당연히 감탄이라는 측면에서.

미요는 위축되고 긴장만 될 뿐, 편히 쉬지는 못할 것 같았다.

왜냐하면 조금만 주변을 둘러보기만 해도 건물이 워낙 장엄해서 압도당하기 때문이다.

고풍스러운 목조 가옥이라 노골적으로 화려하지는 않다.

하지만 예를 들어 길게 이어지는 복도의 바닥이나 천장에 사용한 한 장짜리 나무판. 상당한 길이의 목재를 짧게 자르지 않고 그대로 운반해서 사용한 것으로, 여기에 들어가는 비용은 가늠도 되지 않았다.

그 외에도 난간에 꽃과 나무, 짐승 등을 정교하게 조각한 상인방이나 기둥에는 흠집 하나 없고, 타타미에도 색이 바랬거나 마모된 곳이 하나도 보이지 않는 등…… 세려니 끝이 없다.

그 정도로 건설에도 관리에도 품과 비용이 들어갔다는 걸 알 수 있었다.

궁인들의 질도 포함해서 일반적인 서민의 집은 물론이요, 일반적인 부잣집 저택과도 분위기부터 다르다.

"나는 익숙하거든. 아버지가 아직 현역으로 황제 폐하

를 섬기고 있을 때는 나도 키요카도 자주 궁성에 드나들면서 타카이히토 님을 만났어."

"그랬군요."

역시 쿠도가. 이능력자 일족의 필두 가문이라는 칭호는 허울이 아니다. 그만큼 황제를 배알할 기회도 많았다는 소리다.

하지만 그렇게 선대 쿠도가 당주, 쿠도 타다키요가 섬기던 시절의 황제가 뒤에서는 우스바 가를 몰락시키고 수많은 인간을 괴롭게 했다는 걸 생각하면 단숨에 기분이 우울해졌다.

미요 이상으로 생각하는 바가 있을 사촌오빠의 표정을 살피자, 웃고는 있지만 어딘가 차가움을 품고 있었다.

하즈키도 미요와 아라타의 묘한 반응에서 알아차린 건지 얼굴이 어두워졌다.

"미안해. 너희들에게 황제 폐하의 이야기는 불쾌했겠지. 경솔했어."

"아뇨……."

딱히 하즈키가 잘못한 건 아니다. 흔히 별생각 없이 나온 별뜻 없는 말은 누군가의 민감한 부분을 건드리곤 한다.

미요는 고개를 저었다.

"괜찮습니다. 저희가 지금 있는 건 궁성이니까요. 일일이 신경 쓸 수도 없죠."

아라타도 고개를 끄덕여 동의를 표했다.

"미요 말대로입니다. 게다가 이렇게 매번 멈췄다간 대화에 진전이 없죠. 우스이의 행동 원리에 저희 가문의 과거가 엮여있다는 건 명백합니다. 그리고 현 황제는 화근 그 자체죠. 언제까지나 복잡한 표정으로 눈을 돌리고 있을 수는 없으니까요."

"그렇다고 해도 배려가 부족했어. 미안해."

어깨를 축 늘어트린 하즈키를 보자 가슴이 아팠다.

하지만 우스바 가나 우스이를 생각하면 속마음이 자꾸 어두워진다고는 하지만, 하즈키나 키요카, 타다키요——쿠도 가문 사람들의 과거 이야기에는 관심이 있었다.

"언니. 신경 쓰지 말고 또 옛날이야기를 들려주세요. 저는 듣고 싶어요."

"……정말?"

"네."

의식해서 입꼬리를 올려 웃자 하즈키는 안도한 듯 숨을 내쉬었다.

"고마워. 그렇다면 다음에 비장의 이야기를 알려줄게."

"비장의 이야기?"

"그래. 키요카의 어린 시절 이야기."

확실히 그건 비장의 이야기가 맞았다. 굉장히, 아주, 흥미로웠다.

약혼자에 대해서라면 뭐든 알고 싶어진다. 분명 이건 평범한 감정이다. 특별한 일은 아니다.

'나는 앞으로도 낭군님의 버팀목이 될 거야. 받쳐줄 수 있는 아내가 되겠어. 그것만으로도 충분해.'

다른 건 필요 없다. 따라서 미요는 생각을 멈췄다.

넘쳐날 것 같은 이름 없는 감정에 뚜껑을 덮어서 무시하고, 다시 봉인할 뿐이다.

미요가 받은 방은 넓은 타타미방이었다.

유명한 장지문 화가가 그린 듯한 아름다운 소나무가 그려진 장지문을 떼면 두 공간이 하나의 방으로 이어져서 연회장으로도 쓸 수 있을 법한, 아무리 생각해 봐도 숙박용으로 쓰지 않을 것 같은 넓은 방이었다.

방으로 안내해준 궁인의 말로 보아 양갓집 아가씨라면 넓은 방에 익숙할 테니 이 정도는 필요하리라는 배려였던 모양이지만, 미요에게는 완전히 위축이 들 뿐이었다.

"넓네요."

"네. 정말로."

짐을 푸는 걸 도와주러 따라온 유리에의 말에 미요도 순순히 동의했다.

'본가에서 사용하던 방이 몇 개나 들어갈까…….'

장지문을 닫아놓는다고 해도 넓다. 방구석에 놓아둔 짐조차 어딘가 오도카니 쓸쓸해 보일 정도다.

"그럼 유리에는 이쪽 공간을 사용하도록 하겠습니다."

결국 장지문으로 나눠놓은 두 공간을 미요와 유리에가 각각 사용하기로 했다.

유리에에게도 다른 방을 준다고 했지만, 기왕이면 가까이 있는 게 시중들기도 쉽고 공간을 낭비하지 않을 수 있다는 미요와 유리에의 이해가 일치했기 때문이었다.

"앞으로 잘 부탁드립니다."

"저야말로 잘 부탁드립니다. 종일 미요 님을 모실 수 있다니, 유리에도 무척 기대되는군요."

종일 따라다니지 않아도 괜찮다고 말하려 했으나, 콧노래라도 부를 듯 즐거워 보이는 유리에를 보고 그 말을 삼켰다.

방 안은 일단 이부자리와 경대, 옷걸이, 수납용 등나무 상자 등이 미리 마련되어 있었다.

궁인들이 돕겠다고 하는 건 정중하게 거절한 뒤, 가져

온 짐을 가방 안에서 꺼냈다. 그리 많지 않은 짐을 한바탕 정리하고 나자 이미 점심시간이 지난 시각이었다.

"미요. 짐은 다 풀었어?"

방 밖에서 하즈키의 목소리가 들렸다.

혹시 기다리게 했던 걸까 다급히 대답하며 복도로 나오는 장지문을 열었다.

"네. 끝났습니다."

"뭐 곤란한 일은 없었고?"

미요는 고개를 저었다.

곤란한 일이 있을 리 없다. 방이 너무 넓은 것만 뺀다면 헌신인 대우였기에, 타카이히토와 궁인들의 섬세한 마음 씀씀이가 구석구석에서 느껴졌다.

"없습니다. 무척 잘 대해 주시는 것 같아요……."

"그렇구나. 유리에는 어때? 잘 지낼 수 있겠어?"

그 질문에 어느새 미요의 대각선 뒤에 서 있던 유리에가 웃으며 고개를 끄덕였다.

"네. 괜찮습니다."

"그래, 다행이다. 그렇다면 점심 먹자. 내 방에 식사를 차려달라고 했어."

"그거 저도 가도 되는 거죠?"

갑자기 아라타의 목소리가 들려서 놀랐다. 아무래도

호위로서 계속 방 옆의 벽 앞에서 대기하고 있었던 모양이다.

"아라타 씨, 짐은요……?"

미요가 묻자 아라타는 생긋 웃었다.

"괜찮습니다. 업무상 집이 아닌 장소에서 숙박하는 건 익숙하다 보니 별로 안 걸렸거든요."

"그러고 보면 우스바 가는 대외적으로는 무역 회사였지."

하즈키의 말에 아라타는 고개를 끄덕였다.

"네. 그래봤자 회사 쪽은 이능을 이어받지 못한 아버지가 주도하고 있고, 저는 그냥 교섭인으로서 돕는 것뿐이지만요."

이능력자 업계에선 최근엔 특히 우스바의 이름으로 통하기 시작했지만, 세간에는 대외적인 무역 회사의 츠루키라는 이름이 더 알려져 있다. 아마도 우스바의 이름이 지금 이상으로 침투해도 가문명을 나눠 사용하는 관습은 남을 것이다. 이것만큼은 어쩔 수 없다.

하즈키의 방은 미요의 방에서 방 몇 개 정도 떨어진, 복도를 꺾은 곳에 있었다.

넓이는 미요의 방과 비슷한 정도일까. 역시나 장지문으로 공간을 둘로 나눠놓았는데, 한쪽은 짐을 두는 공간으

로 쓰고 다른 한쪽을 평소 사용하는 공간으로 쓰는 모양이었다.

그리고 지금, 둘로 나눠도 널따란 공간에 4인분의 밥상이 차려졌다.

"어디, 궁성의 점심은 어떤 맛이려나."

두근두근 신이 난 언니의 모습에 미요는 고개를 갸웃거렸다.

"언니도 궁성에서 식사하시는 건 처음이세요?"

"아니. 만찬에는 참석한 적이 있어. 가짓수도 많고, 상상한 대로 아주 호화로운 식사였지. 하지만 점심은 처음이야."

그렇게 들으니 자신이 지금 얼마나 귀중한 체험을 하고 있는지 실감했다. 하지만 생각해 보면 당연하다. 궁인도 아닌데 궁성에서 며칠씩 숙박하다니, 좀처럼 없는 일이다.

불현듯 키요카는 점심을 어떻게 먹을지 신경 쓰였다.

'낭군님, 제대로 식사하실까…….'

일이 바쁘면 키요카의 성격상 식사 한두 번쯤은 태연하게 건너뛸지도 모른다.

옆에서 챙길 수 없으니 어떻게 할 방도가 없으나, 다음에 만날 기회가 있다면 캐물어보기로 했다.

각자 자리에 앉아 '잘 먹겠습니다.'라고 인사한 뒤 밥상 위의 식기 뚜껑을 벗겼다.

점심 식사는 미요의 상상보다 훨씬 평범했다.

갓 지은 쌀밥에 간장으로 간을 낸 따뜻한 장국. 주반찬은 따끈따끈한 흰살 생선 조림이고 부반찬으로는 제철 나물 무침과 맛이 잘 스며들어있는 듯한 무조림이 딸려 나왔다.

하지만 그릇에서부터 차림새까지 제대로 미를 의식했다는 게 전해져서, 역시 일반적인 식탁과는 격의 차이가 선명하게 보였다.

우선은 김이 모락모락 오르는 장국을 한입 마셨다.

"맛있어……."

육수가 다른 걸까. 섬세하고 우아한 가다랭이의 냄새가 입안에서 코를 뚫고 올라갔다.

흰살 생선 조림과 나물, 조림도 전부 맛이 너무 심심하지도 간간하지도 않게 딱 적절했으며, 먹는 사람마저 품격을 올려주는 듯한 기분이 들었다.

"만찬만이 아니라 점심까지 이 수준이라니, 궁성은 역시 대단하구나."

하즈키가 황홀해하면서 극찬하자 유리에도 거듭 고개를 끄덕였다.

아라타는 딱히 특이한 반응을 보이지도 않고 묵묵히 식사했다.

그러고 보면 그는 음식에 별다른 흥미가 없는 것 같았다. 한대 미요가 우스바 가에서 머물렀을 때도 식사에 관심이 있어 보이지 않았다.

"아라타 씨. 식사가 입에 맞지 않으신가요?"

미요의 질문에 아라타는 순간 눈을 크게 뜨더니, 이윽고 웃으면서 고개를 저었다.

"아뇨. 맛있습니다."

"하지만……."

별로 맛있어 보이지 않는다고 대놓고 이야기하는 건 망설여져서 어물거렸다. 하지만 아라타는 놓치지 않은 모양이었다.

"죄송합니다. 맛있지 않은 건 아닌데, 직업병이라서요."

"직업병이요?"

"저는 일 때문에 전 세계를 돌아다녔거든요. 방문한 나라에서 나온 식사가 맛있을 때도 당연히 있지만, 별로 입에 맞지 않을 때도 있습니다. 그런 때에 현지 분들에게 실례가 되면 안 되니까 입에 맞든 맞지 않든 반응을 일정한 수준으로 유지하도록 의식했더니 거기에 익숙해져 버렸죠."

그렇구나. 이해할 수 있는 이유였다.

미요는 제국에서 한 걸음도 나간 적이 없고, 양식도 제국인의 입맛에 맞도록 개량된 것밖에 먹어본 적이 없어 실감이 없다. 하지만 각 나라에는 그 땅의 기후나 풍습, 그곳에 사는 사람의 미각에 맞춘 식사가 있으며 그게 반드시 외부인의 입에도 맞지 않는다는 건 지식으로 알고 있었다.

무역 회사에서 일하며 교섭인으로서 다양한 땅에서 접대를 받은 아라타의 고생이 엿보인 순간이었다.

식사가 일단락되었을 때였다, 하즈키가 말을 꺼냈다.

"그럼 지금부터의 일정 말인데."

미요와 유리에는 자세를 바로잡았고, 아라타도 조용히 하즈키에게 시선을 던졌다.

"이 궁전에서 지내는 동안 최대한 평소처럼 지내고 싶어. 다만 손님이니까 집안일 같은 건 안 한다고 해도…… 애초에 궁성에는 궁성의 방식이 있고 매일 세밀하게 시간을 맞춘 일정으로 돌아가고 있을 테니 공연히 손을 대면 폐가 될 거야."

키요카의 집에 막 왔을 때도, 시부모가 사는 쿠도 가 별장을 방문했을 때도, 대이특무소대 주둔소에 있을 때도.

미요는 집안일을 도왔으나, 이번만큼은 그럴 수 없다.

'아무쪼록 괜한 짓은 하지 않도록 조심해야지.'

일하고 있으면 마음이 안정되지만, 폐를 끼친다면 일한다고 할 수 없으니 자중해야만 한다.

대신 여기서 생활하면서 해야 할 일이 있다.

"미요는 나나 아라타와 공부할 거야. 철저히 가르치겠어."

"네."

"그리고 유리에. 우리 일로 궁인들을 너무 번거롭게 할 수는 없으니까, 방 청소 같은 걸 맡겨도 될까?"

"네. 물론입니다. 맡겨주시지요."

자신만만하게 가슴을 팡 두드리는 유리에. 그 모습이 너무도 이 자리에 어울리지 않게 긴장감이 없어서, 미요는 무심코 웃음이 터지려는 걸 참았다.

"그리고 아라타 말인데, 당신은 어떤 지시를 받았어?"

하즈키의 질문에 아라타는 가볍게 고개를 끄덕인 후 대답했다.

"저는 기본적으로 미요 옆에서 호위하며 공부를 가르치기로 되어있습니다. 다만 우스바── 우스이 본가 혈통으로서 아마도 군대에서 조언이나 도움을 요청하는 일도 있겠죠."

"그렇구나. 미요도 호위하지만, 그 외에 볼일이 있다면 여기를 떠난단 말이지."

다소 떨떠름한 표정으로 확인하는 하즈키에게 아라타가 말을 이었다.

“뭐, 오랫동안 떨어져 있을 생각은 없고 제가 없는 동안에는 다른 사람이 제대로 미요를 호위할 겁니다. 그것도 전혀 모르는 타인이 아니라 아는 사람이 오겠죠.”

아는 사람이라는 말에 미요의 뇌리에 떠오른 것은 친구로서 다시금 관계를 이어가기로 약속했던 진노우치 카오루코였다.

그녀는 대이특무소대의 일원으로서 지금도 제도에서 일하고 있다.

원래 입원한 고도 대신 옛 수도에서 파견된 인원이 카오루코였으나, 고도가 복귀한 뒤에도 제도에 남게 되었다.

피치 못할 사정이 있었다고는 하나 배신에 손을 댔던 그녀를 추방하는 대신, 보는 눈이 많은 제도에 남겨둔다는 의도가 있었다고 한다.

‘카오루코 씨, 잘 지내고 있을까…….’

그녀가 한 일을 생각하면 미요의 호위로 복귀하는 건 어렵다. 게다가 지금 그녀는 기본적으로 거리 순찰 등 외부 근무가 중심이라 궁성 부지 안에는 들어오지 못하고, 당연히 이 궁전 안에도 들어올 수 없다.

하지만 이대로 얼굴도 보지 못하는 건 쓸쓸하다.

그렇다고 보고 싶다고 고집을 부릴 수 있는 입장도 아니기에 어떻게 할 수 없지만.

"그렇게 된 거니까 미요도 안심해주세요."

"네."

지금 이 순간에도 뼈를 깎아가며 바쁘게 일하는 키요카와 군인들을 생각하면 도저히 안심할 수 없지만, 미요는 고개를 끄덕였다.

자신의 안전을 위해 수많은 사람이 힘을 쏟고 있다. 이런 상황에서 미요가 이의를 제기할 수 있을 리 없었다.

❀ ❀ ❀

대이특무소대가 진을 친 곳은 궁성 관리 등을 관장하는 궁내청과 내대신부 등 각 시설이 밀집한 구역과 타카이히토의 궁전 바로 맞은 편에 위치한 살짝 트인 정원 두 곳이었다.

전자에 있는 진영—— 전위는 타카이히토의 궁전보다 문에 더 가깝고 비교적 출입하기 쉽다. 하지만 후자에 있는 진영—— 후위는 경호 대상 바로 근처이기 때문에 출입할 때는 상당히 엄격한 심사가 필요하다.

키요카는 타카이히토의 궁전에서 회의를 마치고 먼저

후위에 찾아갔다.

“현황은 어떻지?”

상사의 모습을 확인하자마자 자세를 바로잡고 ‘수고하십니다’ 하며 고개를 숙이는 부하들. 그들 사이를 지나 진영의 중추인 막사에 발을 들여놓으며 물었다.

“아, 대장님. 수고하십니다~. ……배치는 거의 끝났습니다. 지금 시점에선 문제없습니다.”

대답한 사람은 이 후위의 책임자를 맡긴 고도였다.

소대의 인력 부족은 심각한 상태다. 궁성 내에 두 개의 진영을 만들고 결계를 유지하는 인원은 꼭 필요하지만, 주군소에도 인원을 남겨놓아야만 하는 데다 통상 업무가 사라진 것도 아니다.

이능심교의 습격이 없다면 고도 외에 진영에 배치한 숙련자들을 놀려두는 셈이다. 하지만 당연히 습격을 대비하지 않을 수도 없다.

키요카는 내심 골머리를 썩이고 있었다.

“수고했다. 교대로 휴식하는 걸 잊지 말도록.”

“알겠습니다.”

일단 성실하게 대답하긴 했으나, 곧바로 실실 징그럽게 웃기 시작한 고도를 노려보았다.

“뭐냐.”

“아뇨, 아닙니다. 그냥 모처럼 일하는 중에도 미요 씨가 가까이 있는데 대장님이 손수 호위하지 못한다니 아쉽게 됐네요~.”

“………….”

그렇다면 조금 더 상사를 위로하는 표정을 짓는 게 어떻냐는 말은 입이 찢어져도 할 수 없다. 그랬다간 자신이 정말로 미요를 호위하고 싶었던 것처럼 보일 것이다.

아니, 하고 싶었던 건 사실이지만.

‘남에게 맡기는 건 답답하군.’

타인을 전혀 믿지 않는 건 아니다. 하지만 아무래도 자신이 직접 나서는 게 확실하다는 생각이 드는 바람에 그렇게 하지 못하는 현실에 짜증이 났다.

“하지만 대장님.”

“왜.”

“역시 하루에 한 번 정도는 미요 씨를 보러 가셔야 해요~. 약혼자니까요.”

이 남자는 묘한 오지랖까지 부리게 되었다. 없으면 없는 대로 일이 늘어나서 골치 아프지만, 있으면 있는 대로 시끄럽다.

키요카는 고도의 익살에 진저리를 내며 화풀이하듯 노려보았다.

"네가 말하지 않아도 그럴 생각이다."

"헉."

보란 듯이 놀라는 모습도 거슬렸다. 남을 가지고 놀 여유가 있다면 다른 임무로 돌려버릴까.

키요카의 못마땅한 심기가 전해진 건지 고도는 어깨를 움츠리며 음흉한 미소를 거뒀다.

"……죄송합니다. 너무 까불었습니다."

"알면 됐다."

"하지만 대장님도 성장하셨네요. 옛날이었다면 분명 '쓸데없군. 왜 내가 그런 짓을 해야만 하는 거지?'라고 하셨을걸요."

고도의 성대모사에 막사 안에서 대기하고 있던 대원 몇 명이 풉 하고 웃음을 참았다.

"…………호오?"

저들은 나중에 털기로 하고.

확실히 상대가 미요가 아니라면 틀림없이 비슷한 반응을 보였을 것이다. 그 정도로 타인의 감정에 관심이 없었다.

그렇다면 대단히 본의 아니긴 하지만 고도의 말이 맞다.

'조금 더 관심을 가져야 했던 건지도 모르겠군.'

그녀의 감정이 이쪽을 향하기 시작하고 있다는 건 어렴풋하게 느끼고 있었다. 부끄러워하면서도 입맞춤에 응해주고, 때때로 뺨을 새빨갛게 붉히며 무언가 하고 싶은 말이 있다는 듯 이쪽을 살그머니 올려다본다.

하지만 그녀는 중요한 말을 절대 입 밖에 꺼내지 않는다. 그 마음을 키요카는 아직 제대로 가늠하지 못하고 있었다.

'이제 와서 죄책감도 없을 텐데.'

우스이 건이 있긴 하지만 키요카는 약혼자의 이능 여부를 신경 쓰지 않는다는 건 계속 전해왔었고, 미요도 그건 잘 알고 있을 것이다.

그렇다면 대체 뭐가 그녀의 입을 막고 있는 걸까.

'역시 우스이 때문인가……?'

이쯤 되니 모든 원흉이 그 이능심교의 조사인 것 같다는 생각이 들었다. 화풀이가 섞여 있다는 건 부정하지 않는다.

만약 정말로 미요의 고민이 '우스이 건으로 다들 바쁜 지금 이런 감정을 겉으로 드러내면 안 된다.'는 생각에서 기인한 것이라면 그때는 마음껏 우스이에게 화풀이하고 싶다.

"대장님? 뭐 엉큼한 생각이라도 하세요?"

고도의 대단한 막말에 키요카는 정신을 차렸다.

시간은 아직 있다. 게다가 최소한 하루 한 번은 미요를 보러 갈 생각이니 매일 조금씩, 서서히 캐물어서——. 아니, 그래서는 집요하고 질척거리는 남자라고 생각할지도 모른다.

다시 생각이 탈선할 뻔했다. 키요카는 헛기침을 한 번 한 뒤에 화제를 돌렸다.

"헛소리하지 마. 그보다 뭔가 보고할 게 있는 것 아닌가?"

"보고? 아, 있네요."

일단 고개를 갸우뚱 기울였던 고도가 바로 떠올렸다는 듯 손뼉을 쳤다.

"점점 늘어나고 있는 모양이더라고요~. 이능심교와 '잘 보이는 이형'이."

"빨리 그걸 보고해."

고도가 말한 '잘 보이는 이형'은 이능심교의 홍보 활동에 사용되는, 견귀의 재능이 없는 자에게도 보이는 이형을 가리킨다.

혹은 이능심교가 개발한 기술로 평범한 이형을 많은 사람의 눈에 보이도록 한 건지도 모르지만, 편의상 그렇게 부르고 있다.

“시가지를 순찰하던 대원들이 오늘만 이미 두 건 정도 단속했습니다. 한쪽은 연행했지만 다른 한쪽은 도망쳤다고 하고요. 아직 오전인데 이 수준인 거 보면, 오늘은 10건 가까이 갈 가능성도 있겠네요.”

“피해는?”

“없습니다. 부상자도 딱히 없고, 녀석들은 응전도 안 하니까요.”

조금 질린다는 듯 고도가 어깨를 으쓱했다.

이능심교가 저항하지 않는 건 아마도 국민들의 여론을 의식하기 때문일 것이다. 순종적인 자세를 보이면 오히려 연행하는 대원들이 적의의 대상이 된다.

그렇게 되면 또 악의가 보이는 기사를 쓸지도 모른다. 제목은 ‘군대, 무저항의 민간인을 강제연행’ 정도가 될까.

대체 정부 내부에 있을, 보도 규제를 일부러 풀어놓은 인물은 누구일까.

범인을 특정했다는 오오카이토의 연락은 아직 없다. 상대가 권력자라면 특정할 수 있는 날은 영원히 오지 않을 가능성마저 있다.

‘나는 어떻게 할 수 없으니――.’

이능력자는 압도적으로 무력에 치우쳐진 존재이기 때문에 문관으로서는 일하기 어렵다. 그건 키요카도 마찬가지로, 정부에도 영향을 줄 수 있는 확실한 인맥이 없다.

그쪽은 오오카이토에게 맡길 수밖에 없다.

“아, 그리고. ‘잘 보이는 이형’ 말인데요, 그거 역시 평범한 이형이 아닌 것 같단 말이죠~. 분석반에 의하면 그 이형은 아무래도 이능이 잘 안 듣는다고 합니다.”

“……터무니없는 이형이군. 주술도 잘 안 듣는 건가?”

“그런 것 같습니다. 주술, 마술, 퇴마법, 폐마술, 음양술――등등 이미 다방면으로 시도해봤는데 별다른 손상을 주지 못했다는 보고가 들어왔습니다.”

주술과 이능은 명확하게 다르다.

이능은 선천적인 개인의 자질에 의존하지만, 주술은 이능력자만이 아니라 견귀의 재능이 있는 자, 즉 인외의 존재를 느낄 수 있는 ‘힘’이 있는 자라면 학습과 훈련에 따라 사용할 수 있다.

식신을 만들어서 날리는 것도 결계를 치는 것도 그러한 주술의 일종으로, 사용자의 재능에 따라 적성과 위력의 차이는 있지만 견귀의 재능을 지닌 자와 이능력자가 가장 먼저 배우는 기초 중의 기초다.

대이특무소대에는 이능을 사용하지 못해도 다양한 주술에 정통한 전문 대원도 많이 재적하고 있다. 그들도 분석반의 검증에 참가한 이상 이능이나 주술이 잘 듣지 않는다는 건 의심할 여지가 없다.

“일단 현재 결계술에만 효과가 있는 모양입니다.”

“결계라…….”

하지만 정초에 있었던 사건이나 다른 사례에서도 이능심교는 이능을 사용해 ‘잘 보이는 이형’을 소멸시켰다.

──이능심교의 이능은 효과가 있고, 이쪽의 이능은 듣지 않는다.

키요카는 미간을 주물렀다.

‘인공 이능력자보다 훨씬 골치아프군.’

만약 전투가 일어나 이능심교가 이능이나 주술이 듣지 않는 ‘잘 보이는 이형’을 전력으로 투입한다면 결계로 방어할 수는 있어도 이쪽에서 공격할 수단이 없다는 소리다.

그렇다면 이쪽은 일방적으로 유린당하며 기존 이능력자의 신용마저 추락할 가능성이 크다.

어서 연구를 진행해 하다못해 그 차이의 구조를 해명하지 않으면 이쪽이 불리한 상황을 벗어날 수 없다.

완전히 이능심교의 단독 무대다.

“아무튼 조사와 분석을 서둘러 달라고 전해. 더불어 가능하다면 대항 수단도 찾을 수 있을 것 같다면 검증하라고 부탁하고."

"알겠습니다. 전해두겠습니다."

몇몇 사무 연락을 거친 후 키요카는 후위의 막사를 뒤로했다. 다음은 전위에 찾아가야 한다.

현재 대이특무소대 안에서 역할을 분담하여 세세하게 여러 개의 반으로 나눠놓았다.

예를 들어 궁성 내에서 전위, 후위에 각각 근무하는 반, 제도를 순찰하며 평정단 등을 단속하는 반, 주둔소에서 통상 업무를 진행하는 반 등이다.

이에 따른 연락 수단은 식신을 날리면 되지만, 특히 궁성 내의 각 반은 수시로 이상이 없는지 확인할 필요가 있었다.

우스이의 위협이 있는 상황에서 작은 위화감이나 변화도 놓칠 수 없었다.

전위는 문 근처에 진을 쳤기에 타카이히토의 궁전이나 후위에서는 상당히 거리가 있다.

미요와 같이 들어올 때는 마차를 탔지만 일일히 우아하게 마차를 타고 이동할 수도 없다.

키요카는 이능력자로서 타고난 뛰어난 신체 능력을 구사하여 단숨에 전위까지 달려갔다.

"수고하십니다, ……대장님."

전위의 막사 앞에서 키요카를 맞이한 사람은 진노우치 카오루코였다.

그녀가 이전에 보이던 천진난만한 미소는 사라지고, 그 표정에는 그늘이 져 있었다.

"……진노우치, 수고한다."

카오루코에게는 군대를 배신했다는 전과가 있다. 따라서 이번 임무에서는 궁성 수비해서 제외되어 있었다.

그렇다면 왜 여기에 있는 건지.

그녀가 직접 키요카에게 전하고 싶은 말이 있다면서 면회를 신청했기 때문이다.

"그럼 저쪽에서 듣지."

키요카가 가리킨 곳은 궁성에서 일하는 사람이 일상적으로 사용하는 야외의 작은 벤치였다.

막사 안에는 앉아서 대화할 수 있을 정도의 설비도 당연히 갖추고 있지만, 카오루코를 안에 들일 수는 없다.

"앉아."

"……네, 실례합니다."

키요카는 카오루코만 벤치에 앉힌 뒤 자신은 옆에 섰다. 모든 것은 배신자를 경계하는 군인으로서 당연한 대응이었다.

‘미요는 싫어하겠지만.’

처음 사귄 친구에게 그녀는 조금 과하게 애착을 느끼는 경향이 있었다. 마음을 이해하지 못하는 건 아니나 이것만큼은 양보할 수 없다.

자신의 처우가 어떻게 되었는지 올바르게 이해하고 있는 카오루코는 키요카의 얼굴을 올려다보며 마른 웃음을 흘렸다.

“죄송합니다. 바쁘신 와중에 갑자기 이야기가 있다면서 시간을 내게 만들어서…….”

“문제없다. 오오카이토 소장 각하께는 이미 말씀드렸지?”

“대략적으로는 말씀드렸습니다. 하지만 제 부족한 추측의 영역에 불과하므로 각하께는 확실한 사실밖에 말씀드리지 않았습니다.”

카오루코의 이야기는 바로 이능심교에 대한 것이었다. 그녀가 지금도 살아있는 건 이러한 정보 제공을 기대한 측면도 있었다.

“먼저 제 아버지는――.”

애초에 그녀가 이능심교에 가담한 계기. 그건 옛 수도에서 도장을 운영하는 그녀의 아버지가 이능심교에 인질로 잡혔다는 착각을 심었기 때문이다.

"저는 처음에 우스이 나오시의 말을 믿지 않았습니다. 아버지는 이능력자는 아니지만 검사로서 실력이 뛰어나고, 그리 쉽게 인질로 잡힐 것 같지 않았기 때문입니다."

"하지만 연락이 닿지 않았겠지."

"네. 맞습니다."

카오루코는 처음 우스이가 말을 건 뒤, 아버지의 안부를 확인하고 우스이가 한 말의 진위를 따지기 위해 곧바로 전화교환대에 부탁해서 연락하려 했다. 하지만 끝내 연락이 돌아오지는 않았다고 했다.

"전화가 안 된다면 전보도 부쳤고, 편지도 보냈습니다. 하지만 아무것도……."

"하지만 네 아버지는 옛 수도에서는 군대의 외부 협력자로 일하고 있잖나. 바로 연락이 되지 않는 일도 있겠지."

카오루코의 아버지는 도장을 경영하면서 검 실력을 인정받아 이미 수십 년에 걸쳐 옛 수도의 대이특무소대——대이특무제2소대와 협력관계이다. 임무에 협조해달라는 요청을 받아 장기간 연락이 되지 않는 일도 흔했다.

키요카의 질문에 카오루코는 고개를 저었다.

"아뇨. 아버지라면 장기간 집을 비울 경우 제가 제도에 오기 전에 이야기하셨을 터이고, 대이특무제2소대에도 문의했습니다."

그 결과 돌아온 대답은 '이쪽에서는 아무런 요청도 하지 않았다'는 내용이었다.

"본가의 이웃에도 연락해봤습니다. 결과는── 제가 집에서 나온 직후부터 모습이 보이지 않았다고 합니다."

임무도 아닌데 며칠에 걸쳐 집을 비운다. 심지어 딸에게 아무런 언질도 없이.

그렇지 않아도 아버지가 인질로 잡혀있을지도 모르고, 그 경우에는 이능심교에 협력할 수밖에 없는 긴장 상태에서 카오루코는 충분히 냉정하게 대처한 편이었다.

"……저는 이능심교를 믿었습니다. 아버지의 목숨이 달려있을지도 모르는 이상 믿을 수밖에 없었습니다. 변명으로 들릴지도 모르겠습니다만."

"아니, 그럴 만도 하지. 진위 확인을 게을리한 것도 아니니 자연스러운 판단이다."

카오루코 입장에서는 그렇게 할 수밖에 없었다. 누군가에게 상담하면 아버지가 정말로 인질로 잡혔을 시 그 목숨이 위태로워진다.

'아무래도 우스이가 인간에게 착각을 심는 건 이능의 힘만이 아닌 모양이군.'

우스이의 이능으로 조작할 수 있는 오감만이 아니다.

인간의 심리, 상황, 모든 것을 사용해서 사로잡는다. 참으로 소름돋는 방식이었다.

"그래서, 인질이라는 건 우스이의 거짓말이었지?"

카오루코는 거북한 듯 발치로 시선을 떨어트렸다.

"네. 아버지는 무사했습니다. ……군대의 요청으로 임무에 나갔었다고 합니다."

대이특무제2소대가 허위로 대답했다고 보기는 어렵다. 카오루코의 본래 소속이기도 하니, 동료가 거짓말을 했다면 그녀는 바로 그것을 알아차렸을 터이다.

즉 카오루코의 아버지가 받은 건 대이특무제2소대와는 다른 창구에서 전달된 임무라고 할 수 있다.

"아버지가 받은 지령서는 진짜였고, 임무도 정말로 급한 일이었고, 아버지가 맡아도 이상하지 않은 내용이었다고——."

일단 말을 끊은 카오루코는 울상으로 얼굴을 일그러트리고 키요카를 올려다보았다.

"이건, 어떻게 된 일이죠? 어째서 이능심교의 필요에 딱 맞춰서 군대에서 아버지에게 요청이 간 겁니까? 어째서……."

뒤로 갈수록 말을 흐리며 목소리가 낮아진 카오루코는 다시 고개를 숙였다.

그녀도 그 질문의 답은 상상이 갔을 것이다. 하지만 믿고 싶지 않은 것이다.

그 마음은 키요카도 충분히 이해할 수 있었다.

"이능심교는 국가의 중추에 파고들어 있다."

되도록 냉정히, 짐작한 목소리로 부아가 품은 의혹을 분명하게 명시했다.

벤치에 앉은 카오루코를 내려다보지 않고 뱉은 키요카의 귀에 '그럴 수가'라는 힘없는 중얼거림만이 들렸다.

"그런 게 아니라면 설명할 수 없는 일이 많아. 정부와 군대 상층부 중 어느 쪽, 혹은 양쪽에 이능심교와 결탁하고 힘을 빌려주는 자가 있다."

"하지만, 그럼, 저희에게 승산은."

"승패는 별개로 쳐도, 이능심교에 붙은 인간이 어느 정도 규모로 존재하는지 현시점에서는 미지수다. 상황은 확실히 최악이지."

정부 중추에 적을 두는 자라면 카오루코의 아버지에게 했던 것처럼 진짜 지령서를 이능심교가 활용하기 좋은 시기에 보내는 것쯤은 어렵지 않다. 정보조작도 손쉬울 것이다.

게다가 그런 건 기본에 불과하다. 더 노골적으로 이능심교를 지원할 수도 있다.

적은 착착 힘을 키우며 강해지고 있다.

우스이의 목적이 국가전복이라고 해도 그걸 실현해버릴 수 있을 정도로.

“저는, 터무니없는 짓을…….”

무릎 위에서 움켜쥔 카오루코의 주먹이 희미하게 떨렸다.

그녀가 우스이를 대이특무소대 주둔소에 불러들여 키요카가 그쪽에 잡혀있는 동안 황제는 이능심교의 수중에 떨어졌다.

‘확실히 용서받을 수 없는 배신이긴 하지만, 어차피 같은 길을 밟았겠지.’

육친을 인질로 잡혔다는 생각에 이능심교에게 협력하게 만드는 건 대원 중 누구든 상관없었을 터이다. 그저 제도에 막 온 카오루코가 속이기 쉬웠으니 표적이 되었을 뿐.

문제는 이 다음이다.

정부에 미치는 영향력과 황제의 권위. 이것들이 갖춰진 지금 이능심교가 마음만 먹는다면 언제든 간단히 정변을 일으킬 수 있다.

당장 그들의 목적은 아마도——.

‘이능이나 이형을 통해 정부나 군대에 대한 국민들의 불신감을 부추기고 세력도를 바꾸는 것.’

그리고 그건 착착 완성되어가고 있다.

예를 들어 이능심교의 공작에 영향을 받아 새로운 이능심교 신도가 100명 정도 늘었다고 치자. 그게 전부라면 크게 경계할 필요는 없을지도 모른다.

하지만 그 전원을 인공 이능력자로 만들 수 있다면?

100명이나 되는 이능력자가 새롭게 탄생하게 된다.

본래 병기가 될 수도 있는 위험한 힘인 이능을 그런 식으로 늘릴 수 있다면 국내의 세력도는 순식간에 뒤바뀔 것이다.

"아무튼 이야기는 알겠다. 너는 이제 이능심교에 접근하지 말도록. 저쪽에서 접촉하면 즉각 보고해라."

"물론입니다! 다시는 배신하지 않겠습니다."

애초에 본인에겐 알려주지 않은 모양이지만, 카오루코에겐 은밀히 감시가 붙어있다. 이능심교와 다시 손을 잡으려고 한다면 곧바로 오오카이토에게 보고가 올라간다.

대화는 끝났다. 키요카는 카오루코에게 일하러 돌아가라고 지시하려 했으나, 그 전에 카오루코가 먼저 조심스럽게 '저기' 하고 입을 뗐다.

"뭐지?"

카오루코의 태도에서 망설임이 보였다. 말을 할지 말지. 시선이 이리저리 오가고, 손을 쥐었다 폈다 바빴다.

하지만 키요카도 그 망설임에 느긋하게 어울려줄 수 있을 만큼 한가롭지 않다.

"볼일이 없다면——."

"아뇨! 그, 사실은 사적으로, 완전히 다른 이야기이긴 하지만, 여쭙고 싶은 게 있습니다."

각오를 다진 듯 카오루코가 고개를 들었다.

그녀와 대화하는 것도 앞으로는 적어질 터이다. 다친 고도 대신 파견된 그녀였지만 이미 대이특무소대의 중추에서는 배제되어있기 때문이다.

질문을 받는 건 이게 마지막 기회가 될지도 모른다.

키요카는 고개를 끄덕여 허락을 표했다.

"……오래전에, 제가 아직 옛 수도로 이동하기 전에, 저와 혼담이 있었죠."

"그랬지."

"대장님께서 그 혼담을 거절한 이유를…… 여쭤도 되겠습니까."

이런 상황에 죄송하다고 작게 덧붙이는 카오루코. 키요카는 이제야 처음으로 그녀를 내려다보았다.

몇 년 전, 잇달아 날아오던 혼담을 거절하던 때를 떠올렸다.

진노우치 카오루코와의 혼담도 예외 없이 아버지 타다

키요가 어디선가 가져온 이야기였다. 그때 자신은 무슨 생각을 했었던가.

미요가 착각한 듯한 연애 감정 같은 건 당연히 조금도 없었다.

왜냐하면 그건.

"만에 하나라도 일에 개인감정이 끼어드는 사태를 막기 위해서다."

카오루코는 인간성은 나쁘지 않았지만, 동료 이상도 이하도 아니었다.

다만 결혼하고 가정을 꾸려 함께 지내는 시간이 늘어다도 전혀 감정이 생기지 않는다는 건 현실적이지 않다.

가족으로서 생긴 감정을 일, 그것도 군대라는, 때로는 무엇보다도 냉철함이 요구되는 직장에 끌어오는 건 피하고 싶었다.

임무 수행에 잡음이 낀다고 생각했기 때문이다.

"……그렇, 군요. 당신이라면 그런 이유일 거라고, 막연히 생각했었습니다."

"딱히 네게 문제가 있었던 건 아니다."

그러니 자신감을 잃을 필요는 없다. 그렇게 이으려고 했던 말은 '그렇다면!' 하는 카오루코의 외침에 가로막혔다.

“그렇다면, 만약 제가 군인이 아니었다면. 혼담을 받아 주셨어요?”

“그래. 아마도.”

키요카는 되도록 담담하게 대답했다.

작년, 고도가 빠진 구멍을 메우기 위해 파견된 카오루코와 재회했을 때. 사실은 오래전부터 막연히 눈치채고 있긴 했지만, 그녀가 자신에게 느끼는 감정을 확신했다.

그건 키요카가 미요를 보고 있었기 때문이다.

미요를 보고 있으니, 마찬가지로 미요를 보는 카오루코의 시선에 섞인 질투를 알아차렸다. 그것이 그녀가 키요카를 좋아하기 때문이라는 것도 알아챘다.

그녀가 자신에게 특별한 감정을 품고 있었다는 건 불쾌하지 않았다.

하지만 만약 카오루코의 말대로 그녀와 결혼하는 미래가 있었다고 해도. 지금 미요를 생각하는 것처럼 그녀를 생각할 수 있었냐면 그건 아니었다.

“하지만 분명 네가 바라는 결과는 되지 않았겠지.”

“……아.”

“나나 너에게 그게 행복인지 불행인지는 모르겠다만.”

여기에 있는 현실이 전부다. 만약을 생각해도 소용없다. 한 가지 알 수 있는 건, 지금 키요카에게 후회는 없다는 점이다.

필요한 대답은 했다. 키요카는 벤치에 앉은 카오루코에게 등을 돌렸다.

"대장님."

이쪽을 부르는 카오루코의 목소리는 예상과 달리 조금도 흔들리지 않았다.

살짝 주저한 뒤에 돌아보자, 옛 약혼자 후보이자 지금은 부하이기도 한 여성은 그전과 같은 상큼하고 밝은 미소를 짓고 있었다.

"대답해주셔서 감사합니다."

"만족했다면 돌아가서 네가 해야 할 일을 하도록."

"네."

키요카는 이번에야말로 발걸음을 돌려 카오루코에게 등을 보였다.

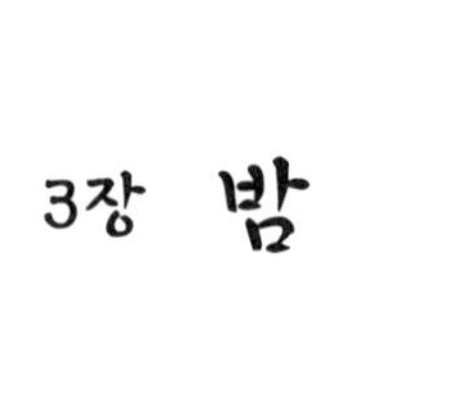

3장 밤

궁전 안에는 황제를 위해 마련된 구맥실(瞿麥室)이라고 불리는 장소가 있다.

황제가 거주하는 안쪽 궁, 소위 심궁전(深宮殿)과 다르게 궁내청 청사와 연결복도로 이어져 있으며 사람들이 많이 드나드는 전궁전(前宮殿)은 각 의례 등에 사용되는 서양풍 홀과 비슷한 정궁전(正宮殿)도 있는 공적인 장소이다.

구맥실은 전궁전에 있는 방으로, 주로 황제가 참석하는 국정 회의를 개최할 때 사용된다.

실내는 해외에서 들여온 긴 테이블과 의자가 중앙에 놓여있고, 수정 가루를 흩뿌려놓은 샹들리에를 조명으로 달아 서양식으로 꾸며놓았으나 천장이나 벽에 붙인 벽지, 커튼, 식탁보 등 천 종류에는 전통 무늬를 도입하여 신식과 전통이 멋들어지게 공존하고 있었다.

족히 15명 이상은 앉을 수 있는 테이블은 현재 모든 자리가 만석이고, 더불어 벽 앞에 질서정연하게 놓여있는 수십 개의 의자도 정장을 입은 남성들로 대부분 차 있는 상태였다.

테이블에 앉아있는 건 전원은 아니지만 각 청사의 대신, 의자에 앉아있는 건 그 외 군대나 정부의 중요 역직에 앉아있는 사람들이다.

그리고 상석에는 병풍을 등지고 바닥보다 한 칸 높은 위치에 좌식 의자가 마련되어 있는데 현재는 황제 대리인 황태자, 타카이히토가 앉았다.

이번 자리는 정식 회의는 아니었다.

국가의 중심에 있는 자들이 간단히 의견을 교환하고 또 황제의 대리인 타카이히토에게 질의하기 위한 임시 회합으로, 황제가 그 자리에서 사라진 뒤로 몇 번이나 반복해서 열리고 있었다.

다만 이번에도 별다른 진전이 없는 채 이미 시작한 뒤로 한 시간은 경과했다.

오 드 콜로뉴와 권련의 잔향이 떠도는 가운데 회의는 대단히 꼬여 있었다.

"전하. 궁성에 외부인을 들이고 심지어 전하의 몸을 위험에 드러내는 행위── 실례지만 그 막무가내인 결정을 저희가 수긍할 수 있는 설명을 해주실 수 있겠습니까."

의자에서 엉덩이를 띄울 기세로 입을 연 사람은 국무대신 중 한 명이었다.

이번 회의에서 황족은 타카이히토만 참석했다. 따라서 선하라고 하면 오직 그만을 가리키지만, 이 질문에 타카이히토가 무언가 대답하기 전에 다른 대신이 반론했다.

"전하께선 이미 몇 번이나 설명하셨습니다. 조금 더 말을 가리는 게 어떻습니까."

"트집 잡지 말아 주십시오. 저는 전하께 여쭙고 있습니다."

"그러한 무례한 태도로 전하께 여쭙는 것을 재고하라고 말씀드리는 겁니다."

"그러니까 그것이 트집이라고——."

"두 분 모두, 어린아이 같은 말다툼이라면 다른 장소에서 하시길."

서로 이득이 없는, 쓸데없는 언쟁을 벌이던 중년 대신 두 명은 타카이히토의 측근이자 젊은 내대신 타카쿠라의 냉정한 발언에 나란히 그를 노려보며 침묵했다.

주요 의제는 황제의 부재 대응과 거의 타카이히토의 독단으로 궁성 안에 대이특무소대의 진영을 허락한 건 두 개.

후자 의제는 현재 모여있는 사람들은 크게 셋으로 갈라

진다.

하나는 타카이히토의 판단에 찬동하는 파벌. 여기에 반대하는 집단. 그리고 전자 둘이 대립하는 모습을 지켜보는 사람 몇 명. 이렇게 셋이다.

타카이히토의 판단——구체적으로는 궁성 내에 진을 치고 수비 태세를 강화한 건——에 이의를 제기하는 파벌의 필두는 해군 대신 등으로, 반대로 찬동하는 사람은 타카쿠라를 비롯해 타카이히토의 차기 황제로서의 능력을 인정한 사람들이다.

애초에 과학이 눈부시게 발달한 지금, 황제가 보유했다는 '계시'를 포함해 이능이나 이형이라는 비과학적인 것에 회의적인 대신이나 관료도 적지 않다.

그러한 불신이 누적되어 대립과 혼란이 한층 깊어졌다.

'해군 대신은 특히 과학을 중시하는 쪽의 대표이니.'

타카이히토는 실내를 신중하게 내려다보았다.

국무 대신을 이끄는 수상은 일정한 거리감을 유지하며 중립을 고수하고, 다른 몇 명도 그 자세를 따라가는 모양이었다.

"타카쿠라 내대신. 귀하는 발언을 삼가십시오. 내대신부의 직무는 폐하 곁에서 사무를 처리하는 것이지, 정치에 간섭할 수 있는 입장이 아니지 않습니까?"

의자 등받이에 기대 콧수염을 쓰다듬으며 어딘가 거만한 얼굴로 타카쿠라를 지적한 사람은 문부대신이었다.

명백하게 내대신직을 얕보는 말투에 타카쿠라는 미간을 찡그렸다.

"……제가 당신의 개인적 의견을 따라야 할 의무는 없고, 회의의 취지에서 벗어나는 문제 제기는 다음 기회에 해 주시지 않겠습니까."

되도록 차분한 어조로 말하는 타카쿠라를 곁눈질하며 문부대신은 입꼬리에 미소를 머금었다.

"젊은 나이에 내대신이 되어 전하의 신용을 얻고 콧대가 올라가는 것도 어쩔 수 없기는 하죠."

"…………."

"이번 전하의 판단도 포함해 궁성을 사유물화하는 건 간과할 수 없습니다. 궁성은 폐하를 위한 것이지, 아무리 전하께서 황태자라고 하신들 마음대로 휘둘러도 되는 건 아닙니다."

이 의견에는 문부대신과 마찬가지로 타카이히토의 명령에 부정적이었던 해군 대신과 궁내대신도 찬성을 표했다.

"저는 궁내대신임에도 불구하고 이번 일에는 사전 상담조차 받지 못했습니다. 사유물화라니 참으로 적절한 표현이군요."

궁내대신은 타카쿠라에게 독기 어린 시선을 보냈다.

실내의 분위기를 살피며 타카이히토는 조금 과했을지도 모른다며 가볍게 한숨을 쉬었다.

정초라는 비교적 행정 움직임이 둔해지는 시기를 노려 자신과 사이모리 미요를 궁성에서 동시에 보호하는 책략을 강행했다.

결과 책략 자체는 실행할 수 있었으나 반발은 강해졌다.

타카이히토도 시간이 허락한다면 세심하게 사전 작업을 하고 싶었지만 그렇게 태평하게 갈 수도 없었다.

궁내대신은 타카쿠라와 다르게 황제의 측근이다. 따라서 아무리 궁 내부를 지휘하는 인간이었다고 해도 마음을 열 수 없다. 상담하지 못하는 건 당연하다.

솔직하게 본인에게 말해봤자 받아들이진 못할 것이다.

더불어 지금까지도 병상에 누운 황제 대신 국정을 돌본 타카이히토이긴 하지만 아직 권위라는 측면에서는 황제보다 못하다. 그런데도 궁성을 마음대로 움직였기 때문에 반감이 강해진 감도 있었다.

'흠, 어떻게 할까.'

젊고 적이 많은 타카쿠라를 계속 화살받이로 세워놓는 것도 불쌍하다.

그렇게 생각하던 차에 대장대신이 손을 들며 입을 열었다.

“두 분 모두 그렇게 말씀하고 계시지만 전하의 책략은 재정상의 부담이 적습니다. 반대하신다면 예산 부담이 적은 대안을 제시해주시지요.”

대장대신이 안경을 밀어 올리며 언짢은 듯 팔짱을 꼈다. 단숨에 분위기가 무거워지더니 침묵이 떨어졌다.

돈 문제를 꺼내면 반론할 수 없게 된다.

지난 한 시간 동안 몇 번이나 반복된 전개였다.

“그런데 정보통제가 느슨해진 점에 대해서 설명은 없습니까.”

외무대신이 던진 질문에 테이블 구석 자리에서 웅크리고 있던 여윈 체구의 중년 남자가 어깨를 흠칫 떨었다.

체신대신. 우편이나 통신 등의 사무를 관장하는 체신청의 장관이었다.

그는 이마에 흐른 식은땀을 하얀 손수건으로 훔친 뒤 비실비실 일어났다.

“저, 정보통제 건은…… 사실관계 조사와 대응을 열심히 진행하는 중이온데…….”

“아직 그 단계인 겁니까. 다소 느린 것 아닙니까?”

“며, 면목 없습니다…….”

"사과는 필요 없습니다."

매몰찬 대꾸에 체신대신은 어깨를 축 늘어트리고 착석했다.

단순하게 생각했을 때, 이능심교에 유리하게 정보통제를 조작하기 가장 쉬운 건 체신대신이다.

하지만 아무래도 타카이히토의 눈에는 그가 그렇게까지 대담한 배신을 저지를 수 있는 사람으로 보이지 않았다.

'대응이 느린 것도 단순히 그의 능력이 부족하기 때문이겠지.'

그렇다면 이능심교와 손을 잡은 배신자는 누구인가.

이 안에 있는 걸까. 아니면 또 다른 장소에 있는 걸까.

현시점에서는 정확한 판단이 불가능했다.

"——모두의 의견은 잘 알았다."

타카이히토가 입을 떼자 각 대신의 눈이 일제히 쏟아졌다.

"상세한 설명 없이 동의를 얻지 못한 채 이번 책략을 진행한 것에 대해서는 사과하마."

가볍게 고개를 숙이는 차기 황제의 모습에 일동은 당황을 드러냈다.

당연했다. 황제로 즉위하지 않았다고는 하나 황제가 없

는 지금, 황태자인 타카이히토는 이 자리에 있는 전원의 주군. 신의 자손이자 화신과도 마찬가지다.

그러한 존재가 그저 정치를 보필하고 있을 뿐인 인간에게 머리를 숙여 사과하는 건 본래 있어서는 안 되는 일이다. 이 자리에 공식 석상이 아니기 때문에 가까스로 허락되는 비상식적인 행위였다.

관례를 깨트려서라도 모두의 이해를 얻고 싶다. 오직 그 마음이 타카이히토를 움직인 결과였다.

'아버지를 범인이라고 늘 얕보고 있었거늘, 나도 퍽 감정적으로 암군의 길을 걸어가고 있는 건지도 모르겠구나.'

국민 앞에서 너무 겸손하면 권위가 실추된다.

하지만 지금은 분기점이다. 그렇게까지 해서라도 밀어붙여야만 한다.

"나는 계시로 미래의 가능성을 보았다. 책략을 시행하지 않았다면 나는 바로 시해당했겠지."

"설마……."

도저히 믿기 어렵다는 듯 다들 곤혹스러운 얼굴이었다.

타카이히토의 말은 사실이었다.

확정되지 않고 뚝뚝 끊어진 미래가 현시점에서 여럿 보였다.

최악의 경우는 타카이히토의 숨이 끊어지고 사이모리

미요가 이능심교의 손에 넘어갔을 때. 그 너머에는 순식간에 제국이 전복되는 미래가 있다.

아니면 타카이히토는 살고 미요가 끌려갔을 때, 반대로 미요를 보호하고 타카이히토가 죽었을 때.

전자는 억지로 이능심교를 따르게 된 미요의 이능으로 제국이 이능심교의 손에 떨어지고, 결국은 타카이히토도 사망한다.

후자는 타카이히토가 죽자 황제가 실권을 되찾고 이능심교의 괴뢰가 된다. 제국의 주도권은 완전히 이능심교에게 넘어가며 키요카와 그에게 협력하는 대이특무소대가 미요를 지키며 고군분투하지만 마지막에는 궁지에 몰려서 전멸한다.

그 외에도 경위가 다른 길이 몇 가지 더 있었으나, 도달하는 미래엔 큰 차이가 없었다.

자신과 미요, 쌍방을 모두 지켜야만 한다. 그런데 두 사람이 각각 다른 장소에 있다면 어느 한쪽에 편중되거나 둘 다 소홀해진다.

구체적으로는 쿠도 키요카. 최강의 패인 그가 없는 장소가 구멍이 된다.

'아마도 우스이 나오시가 이쪽의 전력 중에서 가장 우려하는 게 키요카겠지. 그 외엔 미력하지만, 키요카가 지

키는 장소의 공격은 신중했으니.'

우스이만한 이능을 지녔다면 키요카라고 해도 밀리는 게 이상하지 않지만, 한편으로 키요카라면 우스이를 제대로 상대할 가능성이 있다.

그렇다면 키요카의 손이 닿는 범위 안에 타카이히토와 미요를 모두 배치할 필요가 있다.

'우리가 궁성에 머무르며 키요카의 호위를 받으며 단단히 틀어 박혀있는 한 이능심교는 직접 손을 대지 않을 터.'

추측의 영역을 넘지 않으니 보장은 못 한다만. 타카이히토는 스스로를 한심하게 여기며 그렇게 덧붙였다.

아무튼 이로써 우스이는 이쪽에 직접 손을 대는 게 아니라 다른 방식으로 나올 것이다. 그러면 타카이히토가 지향하는 비교적 피해가 적은 미래에 도달할 가능성이 커진다.

타카이히토는 부채 소리를 차륵 울리며 실내를 둘러보았다.

"궁성에서 수비 강화. 지금 상황에서 이것만큼은 바꿀 수 없다. 수비는 한 곳에 집중시켜라. 그렇지 않으면 각개격파당할 게다."

"하지만 고작 신흥종교 대문에 관례를 몇 개나 깨트리는 건――."

궁내대신이 못마땅해했다.

어쩔 수 없는 일이다. 궁성 내부를 평온하게 유지하는 것도 그의 직무이기 때문이다. 다만 이해는 해도 양보할 순 없었다.

그 후에도 회의는 계속 이어졌지만, 타카이히토는 필요한 설명은 해도 자신의 생각을 굽히는 일은 일절 없었다.

❀ ❀ ❀

입욕을 마치면 집합하라는 이야기에 미요는 잠옷 위에 하오리를 걸쳐서 추위에 대비한 차림으로 하즈키의 방을 찾아갔다.

"미요입니다."

"들어와."

장지문을 열자 이미 하즈키가 부른 것으로 추정되는 사람들이 모여있었다.

먼저 방의 주인인 하즈키, 그리고 유리에. 가장 놀란 건 방 가장 안쪽에 당연하다는 듯 타카이히토가 앉아있었다는 점이다.

"시, 실례합니다……."

어째서 하즈키의 방에 타카이히토가 있는 건지. 아니,

그 전에 미요는 이 이상사태에 어떤 대응을 해야 하는 건지 알 수 없었다.

"좋은 밤이구나."

살짝 입꼬리를 올린 타카이히토가 그런 말을 건넸다.

"네, 넵. 저기, 그게, 안녕하세요."

타카이히토와 이렇게 대화를 나누는 건, 이전에 키요카가 쓰러진 사건에서 전말을 들은 그때 이후일까.

두 번째라고는 하나 도저히 익숙해질 것 같지 않았다.

"안녕."

소박하게 돌아온 인사말에 더욱 혼란스러워졌다.

'아아, 어떡하지!'

그리고 자신이 잠옷 차림이라는 걸 떠올리고는, 숙녀로서 또 무례를 저질러버렸다는 수치심에 얼굴이 새빨개졌다.

"미요. 괜찮으니까, 굳어있지 말고 여기 앉아."

하즈키가 자기 옆에 놓인 방석을 가볍게 두드렸다.

"하지만……."

"아무도 무례하다거나 그런 건 신경 안 쓰니까. 빨리 와."

단호한 하즈키의 말에 주눅이 들어 살짝 고개를 숙이고 조용조용 입실한 뒤 방석 위에 앉았다.

방에 놓은 방석이 전부 찬 것을 확인한 하즈키는 헛기

침을 한 번 하고는 말을 꺼냈다.

“오늘 모여달라고 한 건 다름이 아니라. 모처럼 이렇게 한 지붕 아래에서 생활하게 되었으니까, 여자들끼리 즐겁게 수다를 떨자는 게 목적이야. 이름하여 ‘부녀자 모임’!”

하즈키다운, 즐거워 보이는 모임이었다. 그렇게 받아들일 뻔한 미요는 내심 실례일지도 모른다고 생각하면서도 의문을 던졌다.

“부녀자…… 라고요?”

명백하게 부녀자가 아닌 인물이 섞여 있었다. 확실히 얼굴은 남성인지 여성인지 알 수 없을 만큼 아름답고 고왔지만. 틀림없이 부녀자는 아니다.

하즈키는 미요의 의문에는 대답하지 않고 그 사람에게 시선을 던졌다. 유리에는 ‘호호호’ 하고 웃으면서 이쪽을 지켜보았다.

그리고 당사자인 타카이히토는.

“내 존재는 개의치 말고 마음껏 대화하려무나. 여자가 되었다고 생각하고 얌전히 듣고 있을 터이니. 굳이 필요하다면 가볍게 ‘타카코’라고 불러도 된다.”

천연덕스러운 얼굴로 그렇게 말했다.

왜 부녀자 모임이라고 해놓고 타카이히토를 부른 걸까. 그래서 왜 타카이히토가 참가하게 된 걸까. 여자가 되었다고 생각한다는 건 무슨 말인가. '타카코'는 대체 뭔가.

한층 더 의문이 치솟은 미요는 어딜 어떻게 지적해야 하는지도 알 수 없어져서 침묵했다.

"자 그래서. 타카코 님. 본인이 그렇게 말씀하셨으니까 가볍게 불러도 돼. 그리고 참가자는 한 명 더 있어."

미요는 고개를 갸웃거렸다.

방석은 남지 않았고, 이 자리에 올 수 있는 친한 여성은 이미 전원 모여있는 것 같은데.

하즈키가 방에 비치되어 있던 경대를 천천히 꺼냈다.

"이걸, 이렇게!"

찰싹. 아무래도 하즈키는 거울 뒤에 어떠한 부적 같은 걸 붙인 모양이었다.

그러자 거울이 점점 흐려지기 시작했다. 반들반들하게 잘 닦여있던 거울이 점점 하얗게 변하더니, 이윽고 아래쪽에서부터 자연스럽게 다시 본래의 빛을 되찾았다.

하지만 조금까지는 분명히 방 안을 비추고 있었던 거울이 완전히 다른 풍경을 비추었고, 그 중심에는 미요도 잘 아는 얼굴이 있었다.

"어, 카오루코 씨……?"

카오루코는 이 방에 없는데, 흐렸다가 맑아진 거울 속에는 그녀의 얼굴이 또렷하게 비치고 있었다. 하지만 어째서인지 그 뺨은 발그레하고 눈도 촉촉했다.

게다가 거울 구석에 비친 저건…….

"추가 참가자, 진노우치 카오루코 양입니다. 응? 어라. 벌써 마시고 있어?"

웃으면서 카오루코를 소개한 하즈키였으나 이변을 알아채고 눈이 휘둥그레졌다.

"네. 여기는 진노우치입니다. 이미 마시고 있습니다!"

거울 저편에 술병과 술잔이 일부 보였다. 더불어 아직 발음은 멀쩡한 모양이지만 등을 곧게 펴고 경례한 카오루코는 이미 얼큰하게 취한 모양이었다.

군대 임무는 괜찮은 걸까……. 의문이 들었지만 아마도 휴가를 받았을 것이다.

그렇다면 그녀가 지금 있는 장소는 군대 내 기숙사일까.

"뭐야. 이쪽은 아직 시작도 안 했는데."

입술을 삐죽인 하즈키의 등 뒤에는 잘 보니 술을 포함한 마실 것과 안주, 과자 등이 마련되어 있었다.

인사를 마친 후에 꺼낼 예정이었던 걸까.

"뭐 됐어. ——아무튼, 마지막은 진노우치 카오루코. 여기에는 오지 못하니까 식신을 날려서 꼬셨더니 참가하고 싶다고 하더라고. 그래서 특별히 주술을 써서 참가했지. 사실은 결계 안이니까 통신은 권장되지 않지만. 타카코 님의 협력 덕분에 어떻게든 허가를 따냈어."

하즈키도 유리에도 전혀 신경 쓰지 않는 듯했지만 미요는 안절부절 조마조마한 기분으로 타카이히토 쪽을 살폈다.

거울에 비친 카오루코는 군복을 입고 있기는 하지만 목 부근을 조금 풀어헤쳤고, 늘 단단하게 묶은 머리카락도 반쯤 풀렸다. 그리고 취했기 때문인지 타카이히토의 존재를 눈치채지 못한 듯 인사 한마디 없었다.

잠옷 차림인 미요가 할 말은 아니지만 조금 경망스러운 모습인 카오루코를 보고 타카이히토의 기분이 상하진 않을까 걱정이었다.

'하지만 기우였나…….'

타카이히토는 딱히 카오루코를 지적하지도 않고, 지금은 웃기까지 하며 하즈키가 따라주는 술을 받고 있었다.

역시 이 자리는 격식을 잠시 넣어두는 자리라고 인식해도 문제없는 모양이었다.

"자, 미요도 이거 받아."

하즈키가 잔을 건네더니 안에 과일수 같은 음료를 가득 따라주었다.

"어, 언니. 술을 따르는 건 제가……."

"괜찮아. 내가 주최자인걸. 아, 그래. 미요는 술 금지야."

술을 금지한다고 곤란한 건 없지만, 왜 자신만 금지인 건지 고개를 갸웃거렸다. 그러자 의문을 알아챈 하즈키가 갑자기 무표정을 지었다.

“키요카가 그랬거든. 미요에겐 절대로 술 먹이지 말라고.”

“낭군님이요……?”

“아마 취한 약혼자의 모습을 다른 사람에게 보여주고 싶지 않다는 이유겠지. 참나, 내 동생이지만 별꼴이라니까. 아, 참고로 키요카에게도 ‘부녀자 모임’을 연다고 전해놨지만 타카코 님이 계신다는 건 말 안 했어.”

어이없다는 듯 어깨를 으쓱한 뒤 히죽 웃는 하즈키. 그때 타카이히토도 살짝 입꼬리를 올리며 고개를 끄덕였다.

“키요카가 이 상황을 안다면 열화같이 분노할 테지. 나 원, 약혼하자마자 그렇게 속이 좁은 남자가 될 줄은 생각지도 못했거늘.”

타카이히토의 말에 유리에도 고개를 주억거렸고, 카오루코도 ‘맞습니다!’ 하고 들고 있던 술잔을 탁자에 내리치며 어째서인지 언성을 높였다.

왜 키요카가 열화와 같이 분노한다는 건지 미요는 일부러 묻지 않았다.

"뭐, 키요카에게는 미리 자네와 대화하고 싶다고 말해 두었으니 불만은 없을 게다."

미요 쪽을 보며 완전히 재미있어하는 타카이히토의 말을 듣고 떠올렸다.

확실히 타카이히토가 미요와 대화하고 싶어 한다면서, 그에게서 어떠한 지시를 받으면 따르라는 말은 들었다.

설마 이런 혼란스러운 상황을 만들 줄은 상상도 못 했지만.

갑자기 중대한 자리에 직면한 듯한 기분이 되어 내심 전율했다.

"나는 자네의 인간 됨됨이를 조금 알고 싶은 것뿐이니라. 그리 긴장하지 말려무나."

"네, 네에."

타카이히토의 말투는 엄숙하면서도 가벼움을 내포하고 있었다. 다가가기 어려운 느낌도 지금은 조감 줄어든 것 같았다.

긴장하지 않을 자신은 별로 없지만, 미요는 우선 긍정했다.

그 후 하즈키는 유리에에게 술을 따라준 뒤 자신의 잔에도 직접 술을 따랐다.

"그럼 지금부터 '부녀자 모임' 시작합니다!"

하즈키의 인사와 함께 모두가 일제히 잔을 들어 올렸다.

그렇게 핥아먹듯이 한 모금 입에 담은 과일수는 전에 타카이히토와 대화했을 때 마셨던 것과 조금 비슷한 맛이 났다.

모임 내에서 가장 많이 떠드는 사람은 역시 하즈키였다. 다음으로 카오루코. 그 뒤로 타카이히토, 유리에, 미요로 이어졌다.

참고로 미요는 말을 안 하고 싶었던 게 아니라, 여러 명과의 대화 속에 끼어들 만한 화술이 없었기 때문이었다.

"역시 여자들이 모이면 사랑 이야기가 빠질 수 없지~."

은은하게 붉어진 뺨으로 기분이 좋아 보이는 하즈키가 그런 화제를 꺼냈다. 그녀는 분명 술에 강했을 터이니, 취해서 나온 주정은 아닐 것이다.

"연애 따위! 연애 따위!"

하즈키의 말을 듣자마자 카오루코가 소리치며 탁자 위에 머리를 박고 울기 시작했다.

"어라? 카오루코. 무슨 일 있었어?"

깊이 파고들려고 하는 하즈키를 보고 미요는 무심코 당황했다.

얼마 전까지 미요와 카오루코는 연적이나 마찬가지였다. 그런 카오루코의 연애 관련 화제라면 키요카와 관련이 있으리라는 건 상상하기 어렵지 않았다.

안이하게 이 자리에서 그 화제를 건드리는 건 아무도 즐겁지 않을 것이고, 분위기가 나빠질 게 뻔했다.

하즈키도 대략적인 사정은 알고 있을 텐데. 왜 굳이 파란이 일어날 법한 부분을 찌르는 건지 이해하기 어려웠다.

“어, 언니. 그건…….”

이렇게 미요 본인이 말을 꺼내는 것도 껄끄럽지만 어쩔 수 없다. 용기를 쥐어짜서 쓴소리를 하려고 입을 열자 하즈키는 순간 지극히 진지한 표정을 짓고는 미요를 돌아보았다.

“괜찮아, 조금 들어보자고. ……카오루코가 먼저 화제를 꺼냈으니까.”

그건 그렇지만, 그렇게 유도한 건 하즈키 아닐까. 석연치 않은 기분으로 미요는 자신의 주장을 거뒀다.

그러는 사이에도 카오루코는 코를 훌쩍이면서 푸념을 흘렸다.

“그야 처음부터 알고 있었던 거지만요. 대장님이 저를 동료로만 본다는 건…… 으흡. 저도 딱히 이제 와서 대장님과 어떻게 되고 싶다는 생각은 없지만요…….”

“음, 퍽 고생이었겠구나.”

취한 카오루코의, 아마도 본심일 말에 어째서인지 타카

이히토가 맞장구를 쳤다.

그녀의 '이제와서 키요카와 어떻게 될 마음은 없었다'는 말은 옆에서 듣던 미요의 가슴을 두드렸다.

카오루코의 질투는 아마도 옛사랑의 잔해다.

이토록 사랑이란 오랫동안 사람의 마음을 속박한다. 그걸 생각하자 마음이 평안치 않았다.

"미요 님?"

바로 옆에서 이름을 부르는 목소리가 들렸다. 목소리의 주인은 보지 않아도 알 수 있었다. 유리에다.

"왜 그러시는지요?"

천천히 흘러나오는 유리에의 배려는 미요의 가슴에 퍼졌던 불길한 기척을 살짝 누그러트렸다.

"아뇨……."

하지만 미요는 자신의 공포와 불안── 망설임을 누군가에게 보일 마음은 없었다.

인생 경험이 풍부한 유리에나 하즈키에게 상담하는 것도 좋을 것이다. 알고는 있어도 뭘 어떻게 상담해야 할지 미요는 판단할 수 없었다.

애초에 이건 미요의 마음과 키요카 사이의 문제이므로, 그런 것에 가족이라고는 하나 타인을 끌어들여 신경 쓰게 만드는 것도 미안했다.

감정을 삼킨 미요에게 유리에는 온화하게 웃었다.

"미요 님께선 정말 다정하시군요."

"네? 그렇지 않아요."

다정하지 않다. 그냥 겁쟁이일 뿐이다. 스스로는 한 걸음도 내디딜 수 없다. 자신의 단점은 잘 알고 있다.

하지만 유리에는 고개를 저으며 부정했다.

"아뇨. 미요 님께선 늘 다정하십니다. 처음 그 집에 오셨을 때부터요. 언제나 다른 누군가를 배려하시죠. 유리에는 알고 있답니다."

그랬, 던가.

스스로는 늘 이기적이고 자기 생각만 했다고 느꼈다. 상처받는 걸 두려워하기만 할뿐.

'……정말 한심해.'

지금도 상처받는 게 싫어서 결론을 나중으로 미루고 있을 뿐이다. 누군가에게 상처를 줘서 자신이 다치는 게 싫으니까.

그러니까 키요카에 대한 이 마음을 그저 따뜻하고 애매모호한 것으로 남겨두고 싶었다.

반대로 나서서 부딪친 카오루코는 어쩜 저렇게 곧고 아름다운지.

아무것도 하지 않는 미요는 연적이라고 하는 것조차 분

수에 안 맞는다. 아직 그녀와 승부를 하지 못한 걸 넘어서 같은 무대 위에 올라가 있지 않은 건지도 모른다. 잘났다는 듯 타일러놓고.

미지근해진 잔을 만지작거렸다.

"……저는."

"유리에는 미요 님의 장점을 많이 알고 있답니다. 하지만 그렇게 속으로 삼켜버리시는 건 장점이기도 하고 단점일지도 모르겠네요."

온화한 어조이지만 엄한 유리에의 의견에 미요는 고개를 들었다.

"미요 님께서 원하시는 대로 하시어요. 유리에는 언제나 미요 님의 아군이고, 할 수 있는 건 다 해드릴 테니까요."

"제가 원하는 대로……."

"네. 전부 다 털어놓으라고 하는 건 아닙니다. 그저 의지처로서, 유리에나 하즈키 님의 존재를 머리 한구석에 담아주시면 된답니다."

이 망설임은 털어놓아도 괜찮은 걸까. 의지해도 되는 걸까. 이런 상황에 적절하지 않다는 마음은 있다. 개인감정을 우선해도 괜찮은 거냐고.

생각에 잠긴 그때, 카오루코의 목소리가 날아왔다.

"됐습니다! 저는 그냥 일과 겨론할 거예요! 연애 같은 건 안 합니다!"

슬슬 발음이 위태로워진 카오루코는 그렇게 외치고 엎드린 직후 새근새근 숨소리를 내기 시작했다.

"카오루코? 여보세요. ……어머, 잠들었나 보네."

하즈키가 거울 앞에서 불러도 보고 손도 흔들어 봤지만, 전혀 일어날 기척이 없다. 아직 '부녀자 모임'이 시작한 지 얼마 지나지 않았는데 마치 폭풍과도 같이 순식간이었다.

허탈한 웃음을 지은 하즈키는 타카이히토에게 술을 추가로 따랐다.

"나 참. 맘대로 먼저 시작해놓고 빠르게 잠들어버리다니. 폭주했네, 카오루코."

"마음의 짐이 무거웠던 것이겠지."

잔에 새빨간 입술을 댄 타카이히토의 입꼬리가 느슨해졌다.

"저기, 새삼스럽긴 하지만…… 술을 마셔도 괜찮았던 건가요?"

이야기가 잠시 멈추자 미요는 의문을 던졌다.

계속 마음에 걸렸다. 지금은 이능심교나 우스이 나오시의 습격을 대비해 계엄 태세일 터. 미요 일행은 군대 소속이 아니므로 예외이지만, 무언가 긴급 사태가 일어났을 때 취해서 대응하지 못한다면 목숨이 달린 문제 아닐까.

그 질문에 타카이히토가 '괜찮다' 하고 대답했다.

"휴직은 필요하기 마련. 게다가 우스이가 손을 대는 건 지금이 아니다."

"……그건, 언제 공격할지 보이셨다는 건가요……?"

지금이 아니라고 확신을 갖고 단언한 타카이히토에게 미요는 무심코 되물었다.

우스이가 공격하는 게 지금이 아니라는 걸 알고 있다면 왜 이렇게 여기에 머무를 필요가 있는 걸까.

그만 타카이히토를 향해 의아해하는 표정을 짓고 말았다.

하지만 타카이히토는 아무렇지도 않다는 듯 그 말에 대답했다.

"언제라는 명확한 시기는 모른다. 다만, 오늘 밤도 눈이 내리지 않았지."

"눈이요?"

섣달그믐에 살짝 흩뿌린 눈이 옅게 쌓이긴 했지만, 며칠 새에 대부분 녹았다. 미요 일행이 여기에 머무른 뒤로 날씨가 나빠진 적이 없으니 지금은 어디도 눈이 남아 있지 않았다.

하지만 날씨와 우스이 및 이능심교의 습격 사이에 어떤 관련이 있다는 걸까.

미요와 유리에는 고개를 갸웃거렸고, 하즈키는 차분하게 이야기를 들었다.

"나에게 보인 건 사람의 발이 파묻힐 만큼 쌓인 눈 풍경이었단다."

"눈 풍경……."

미요는 조금 늦게 그 뜻을 이해했다.

눈 풍경── 타카이히토는 그 이상 명언하지 않았으나, 아마도 그가 본 미래에선 바닥에 쌓인 눈과 다들 두려워하는 무언가 나쁜 사태가 공존한 것이다.

자연스럽게 장지 너머로 의식이 향했다.

오늘 점심엔 구름도 얼마 없고 날씨가 악화하려는 기색이 없었다. 지금도 눈은 내리지 않았을 터.

'타카이히토 님께선 적어도 눈이 많이 내릴 때까지는 아무 일도 일어나지 않는다고 보신 거구나.'

하지만 그건 내일일지도 모르고, 모레일지도 모른다.

눈이 내리기 시작한 뒤에 대비하면 늦으니까 이렇게 수비를 강화했음을 이해했다.

"죄송합니다. 사려가 부족하여 질문했습니다."

미요는 자신의 둔감함에 부끄러워하며 사죄했다.

그러자 타카이히토는 다시 '괜찮다'라고 대답했다.
"나는 모든 미래를 내다볼 수 있는 게 아니고, 보았다고 해도 전부 말할 수는 없으니 말이다. 무력함을 용서하거라."
"그렇지 않습니다."
미요의 몽견의 힘으로도 미래를 볼 수 있다고 한다. 하지만 지금까지 본 적이 없었고, 볼 수 있을 것 같다고 생각한 적도 없었다.
그렇기에 실제로 미래를 예지하고 사람들을 이끌어온 타카이히토가 무력할 리 없다.
진지하게 부정하는 미요의 대답에 타카이히토는 처음으로 환하다는 수식을 붙일 수 있을 만한 미소를 지었다.
"그래. 자네가 그렇게 말한다면 자신감을 가질 수 있겠구나."
"어머, 미요가 나타난 뒤로 아무리 황태자님이라고 해도 자신감이 사라지셨나?"
하즈키가 놀리듯이 말하자 타카이히토는 가볍게 고개를 저은 것처럼 보였다.
"아니. ……글쎄다. 그러한 인간다운 감정이 있었는지 없었는지 잘. 황제의 위기감에 영향을 받은 건지도 모르지."

황제는 몽견의 힘을 두려워했다. 과거도 미래도 들여다보는 힘을 계시보다 상위의 힘이라고 생각했기 때문이다. 그렇기에 몽견의 이능을 지닌 딸이 태어나는 전조라 할 수 있는 우스바 스미를 짓밟았다.

그러한 아버지의 마음을 그도 느꼈던 걸까.

"그리 생각하고 싶지 않은 가능성이긴 하다만."

"뭐 어때. 나는 옛날의 좀 더 표정이 풍부한 당신도 인간적으로 좋아했는걸."

절절히 우러나온 하즈키의 말은 옛날을 그리워하는 감회가 담겨 있었다.

"글쎄다."

힘을 지닌다는 건 고된 일이다.

힘이 있는 한 주위에서 내버려 두지 않고, 스스로 방어하지 못한다면 자신의 의사와는 상관없이 악용될지도 모른다.

미요는 몽견의 힘을 지녔지만 스스로를 지키지 못하고 키요카에게 맡기고 있다.

하지만 타카이히토는 마음을 죽임으로써 자신이나 온갖 것을 지키고 있는 모양이었다. 역시 미요와는 비교가 되지 않을 만큼 훌륭한 모습이었다.

미요는 아무것도 하지 못하는 자신이 한심하고 진저리

가 나서 침울해질 수밖에 없었다.

"그런데 미요. 카오루코의 이야기는 들었으니까, 이번에는 네 이야기를 들려줘."

무거운 분위기를 털어내듯 하즈키가 싱글벙글 미요를 쳐다보았다.

갑자기 자신에게 화살이 날아오자 미요는 당황했다.

"제, 제 이야기요?"

"그래. 카오루코는 이미 뻗어버렸으니까, 다음 술안주는 너밖에 없잖아."

당당히 남의 연애 이야기를 술안주로 취급하는 언니의 발언에 말문이 막혔다.

기대에 부응하지 못하는 건 미안했지만, 미요가 할 수 있는 이야기는 아무것도 없었다. 그렇게 거절하려고 했으나.

"그래서 내 못난 동생과는 어디까지 갔어?"

하즈키가 선수를 쳐버렸다.

심지어 어디까지 갔냐니——.

"어, 어어어어디까지, 냐니, 저기, 그게."

하즈키의 말을 듣고 그만 키요카와 있었던 이런 일과 저런 일이 떠오르는 바람에 동요했다.

"손은 잡았잖아? 포옹도 했고. 그다음은 역시——."

"아니, 아뇨, 그건."

이 이상 말하게 하면 안 된다. 미요의 뇌리에 경종이 울려 퍼졌다.

하지만 미래의 시언니는 음흉함과 아름다움과 유쾌함을 섞어서 삼등분한 듯한 표정으로 후후후 웃었다.

"입맞춤?"

펑. 화약이 터지는 환청과 함께 미요의 얼굴에서 불이 났다.

"어머…… 의외로 제법인데~. 그 무뚝뚝한 성격에."

신나게 놀려대는 하즈키와 차마 눈을 마주칠 수 없다. 두 손으로 얼굴을 가리고 고개를 숙였다.

지금쯤 분명 키요카도 귀가 간지러울 게 틀림없다.

"그렇군. 사람은 겉보기엔 모르는 법이구나."

어째서인지 타카이히토도 고개를 주억거렸다. 유리에는 '어머머' 하며 입가를 손으로 가리고 있었다. 아마 그 손 아래에선 웃고 있을 것이다.

"호호호, 풋풋하고 좋네. 미요. 우리도 그럴 때가 있었는데."

"그랬지."

"그랬었죠."

연상 세 명은 다 안다는 얼굴이었다.

미요는 그 순간 퍼뜩 깨달았다.

그러고 보면 타카이히토에겐 처자식이 있었다. 부인은 유서 깊은 화족 영애로, 두 사람의 혼인은 나라와 황족이 주선해서 맺은 혼담이었다고 기억한다.

하즈키와 유리에는 말할 것도 없다.

이 상황을 뒤집을 수 없다는 걸 깨달은 미요는 얌전히 자신의 운명을 받아들였다.

넷이서 사소한 대화를 나누면서 먹고 마시는 사이에 밤이 깊어졌다.

하루 일정이 세세하게 정해져 있을 만큼 다망한 타카이히토가 물러나자, 자고 났더니 조금 취기가 가신 카오루코도 졸린 눈으로 주술을 끊었다.

단숨에 조용해진 실내에는 미요와 하즈키, 유리에 세 사람만 남았다.

이렇게 있으니 평소와 같다는 느낌도 들고, 하지만 장소가 장소인 만큼 평소와는 어딘가 다른 분위기가 감돌았다.

"미요. ……물어봐도 괜찮을까?"

술병과 술잔, 그릇 등을 정리하면서 하즈키가 중얼거렸다.

"네."

"키요카를 어떻게 생각해?"

뚝. 그릇을 든 손이 멈췄다.

가장 먼저 떠오른 건 '역시나'라는 감정이었다. 하즈키도 유리에도 미요 안에서 확실히 무언가가 바뀌었다는 걸 민감하게 감지했다는 건 명백했다.

아마도 하즈키가 이 자리를 마련한 건, 자만이 아니라면 미요의 고민을 간파했기 때문일 것이다.

조금이라도 미요가 이야기하기 쉽게 만들어주려는 따뜻한 배려임이 틀림없다.

'하지만…….'

질문의 답을 도저히 입 밖에 낼 수 없었다.

스스로도 알고 있다.

예전이었다면 어떻게 생각하냐고 물어봤을 때의 대답은 정해져 있었다. ――다정하고 계속 같이 있고 싶은, 정말 좋아하는 약혼자.

하지만 지금은 그저 '좋아한다'는 말을 입에 담기만 해도 다른 의미를 품은 울림이 되어버릴 것 같은 예감이 들었다.

그래서 미요는 도망치려고 했다.

"저는, 낭군님이 소중합니다. 허락해주시는 한, 평생

떨어지고 싶지 않다고…… 생각합니다."
"미요."
그런 걸 물어본 게 아니라고 말하는 듯한 하즈키의 진지한 눈빛을 마주 볼 수 없다.
죄책감을 느낀다.
전부 알면서 얼버무렸으니까. 자신의 마음도, 하즈키가 던진 질문의 의도도.
"대답하고 싶지 않다면 안 해도 돼. 강요는 안 하니까. 하지만 뭐가 널 그렇게까지 완강하게 만드는 거야? 망설일 건 아무것도 없잖아. 네 마음이 어떻든 키요카라면 받아들여 줄걸."
"그건……."
──무섭다.
이 감정으로 인해 무언가가 바뀌어버릴지도 모른다는 게. 미요가 행복해지는 한편 누군가를 불행하게 만들어버릴지도 모른다는 게.
겁쟁이라고 해도 쉽게 털어놓을 수는 없다.
이대로 아무 일도 없이 시간이 흐르면 키요카와 부부가 된다. 같이 있을 수 있다. 그 이상의 무언가는 바라지 않는다. 그런데도 마음을 털어놓을 필요가 있을까.
호흡이 떨렸다.

콧속이 아릿하고, 어떻게 해야 할지 알 수 없어 마음속이 엉망이었다.

"저는…… 싫어요. 변하는 게."

상대방을 사랑하면 그 사람만 보이게 될 것 같아서. 예를 들어 아버지에게 집착했던 새어머니처럼.

친애의 정이라면 많은 사람에게 보낼 수 있다.

실제로 미요는 하즈키도 유리에도, 우스바 가의 할아버지, 아라타—— 주변에 있는 친한 사람들을 모두 좋아하고 평온한 친애의 감정을 느끼고 있다.

하지만 연애 감정은 아니다.

타오르는 것처럼, 감정 전부를 삼켜버릴 만큼 격렬한 욕망이다.

사이모리 가 사람들처럼 되고 싶지 않은데, 그렇게 되지 않는다는 보장이 어디에도 없었다.

한번 말로 꺼내버린다면…… 자신을 봐 달라고, 자신만을 바라봐달라고, 끝없이 계속 바라게 될지도 모른다.

상상했더니 등골이 서늘해졌다.

"미요……."

"낭군님과 계속 조용하게 같이 살 수 있다면, 저는 그것만으로도 행복합니다. 둘이서만 통하는 마음 같은 건 필요 없어요."

목소리도 시야도 출렁출렁 흔들린다. 미지근한 물방울이 가득 넘쳐나 흘러내렸다.

하즈키의 따뜻한 팔이 살며시 끌어안아 주었다. 그녀의 가슴에 얼굴을 묻고 울었다.

"미안해. 괴롭히려는 건 아니었어. ……그래, 무섭지."

다정하게 머리를 쓰다듬어주자 또 눈물이 났다.

문득 자신의 인생을 돌아보면 더욱 마음을 입 밖에 낼 수 없었다.

카오루코에게 느꼈던 질투가, 그녀에게 느끼던 부러움이 미요를 정신 차리게 해준다.

아무리 본가에서의 기억을 떠올리고 저렇게 되고 싶지 않다고 바라도 같은 짓을 저질러버릴 것 같은 스스로를 자각한다.

잘났다는 듯 연적을 타일러놓고, 미요 본인이 질투에 놀아나서 누군가를 상처 주지 않는다고 어떻게 확신할 수 있을까.

친애에서 머무른다면 아무도 상처 주지 않는다. 쓸쓸함을 느끼기는 해도 누군가를 독점하고 싶어 하지는 않으니까.

그러니까 친애나 경애—— 가족애인 채로 있을 수 있다면 좋았을 텐데.

이렇게 주저하지도 고민하지도 않던, 지금도 가슴에서 넘쳐버릴 것 같은 감정을 깨닫기 전으로 돌아가고 싶다.

'나는 어리석었어. 몰랐다면 무슨 말이든 할 수 있었는데.'

고개를 숙여 눈두덩이의 열을 감추고 오열을 죽였다.

본래대로라면 미요에게 울 자격은 없다. 키요카 옆에 서고 싶었던 여성은 많이 있으니까.

"죄송, 해요……. 갑자기, 울어서."

미요는 흐느낌을 참으면서 하즈키에게 사과했다.

하즈키의 의문은 타당하다. 미요가 어중간한 태도이니까 다정하고 배려심 많은 그녀가 걱정하는 건 당연했다.

그리고 그 의문에 제대로 된 대답을 돌려주지 못하는 미요는 혼나도 어쩔 수 없다.

하지만 하즈키는 미요의 사과에 고개를 저었다.

"아니야. 나야말로 미안해. 개인적인 일에 너무 끼어들었지. 조급했었나 봐. ——다만 이 말은 하게 해줘."

"네."

조금 낮아진 목소리에서 진지함을 느낀 미요는 축축하게 젖은 눈으로 하즈키의 얼굴을 올려다보았다.

"마음을 전할지 전하지 않을지는 네 자유야. 하지만 나는 말하고 후회하는 것과 말하지 않고 후회하는 건, 후자가 훨씬 미련이 남는다고 봐.”

“………….”

“나는 말하지 않고 후회한 쪽이거든. 이젠 때를 놓쳐버려서 어떻게 할 수 없게 되었지. 고집을 부리고 있을 뿐이라고도 할 수 있지만.”

어딘가 쓸쓸해 보이는 하즈키의 표정에 가슴이 괴로웠다.

“다른 사람에게 상처 주는 건 무섭지. ……그렇다면 이렇게 생각하는 건 어때? 너는 이대로 현상 유지를 한다면 아무도 상처받지 않는다고 생각하는 거잖아.”

그렇다고도 아니라고도 대답할 수 없었다. 마음을 말하지 못한다는 건, 즉 그런 뜻일 것이다.

침묵을 긍정으로 받아들인 하즈키가 말을 이었다.

“확실히 네 마음은 너만의 것이니까 그럴지도 몰라. 하지만 나는 네가 너의 솔직한 마음을 말하지 않아서 상처받는 사람을 한 명 알아.”

“네?”

그럴 리 없다고 무의식중에 커진 눈에 하즈키의 미소가 비쳤다.

“널 아주 좋아하는 네 약혼자는 상처받지 않을까?”

“아…….”

약혼자, 키요카의 미소가 뇌리를 스쳤다.

미요가 마음을 전하지 않아서 키요카가 상처받는다——처음 만났을 때였다면 결코 믿지 못했을 것이다.

하지만 지금 떠오르는 건 미요를 언제나 특별하게 대하는 그의 모습뿐.

그에게 미요가 특별하다는 건 믿어도 될지도 모른다. 미요에게 이젠 의심할 여지가 없을 만큼 그가 특별해진 것처럼.

그렇다면 키요카가 바라는 건? 미요가 마음을 털어놓지 않는 탓에 키요카는 상처받을까?

'모르겠어. 하지만.'

어느새 눈물은 멈춰 있었다.

"조금…… 생각할 시간을, 주세요."

쥐어 짜낸 미요의 대답은 안도와 함께 하즈키의 아름다운 얼굴을 풀어주었다.

"그래, 물론이지. 많이 생각해 보고 네가 행복해질 수 있는 길을 찾아봐. 나도 유리에도 응원할게."

'그렇지?' 하고 하즈키가 동의를 구하자 유리에도 웃으면서 고개를 끄덕였다.

자신은 정말 축복받은 사람이다.

고민하고, 망설이고, 아무것도 못 하는데. 이렇게 기꺼

이 지지해주는 사람들이 있다. 그것만으로도 지나칠 만큼 행복하다. 미요는 마음속에 퍼져나가는 온기를 곱씹었다.

✿ ✿ ✿

맑은 겨울 하늘은 주황색에서 보라색으로 바뀌어 가며 지상에는 얼어붙을 듯한 냉기가 감도는 해 질 녘.

미요 일행이 궁성에 머무르게 된 뒤로 벌써 닷새가 끝나려 하고 있었다.

완전히 어두워진 하늘 아래, 타카이히토의 궁전 현관에서 미요는 다시 일하러 가는 약혼자의 등을 배웅했다.

매일 이래저래 시간을 만들어서 만나러 오는 키요카. 시각은 매번 제각각인데, 오늘은 조금 이른 저녁을 함께 먹을 수 있었다.

이렇게 건강한 모습을 보면 일단은 안심할 수 있지만, 불안이 사라지는 일은 없다.

"낭군님. 몸은 아무렇지도 않으세요?"

"그래. 문제없다. 그렇게 자꾸 확인하지 않아도 되는데……."

벌써 몇 번이나 반복된 문답에 키요카는 희미하게 쓴웃

음을 지었다.

“하지만 걱정입니다.”

미요와 타카이히토를 지키기 위해 최전선에 서 있는 키요카와 부하들이고, 여전히 제국 내에서는 정부와 군대에 대한 불신이 커지고 있다고 한다.

종일 이능심교를 경계하는 것도, 세간의 비난을 받는 것도 육체적으로도 정신적으로도 상당한 긴장을 동반할 것이다.

걱정하지 말라는 게 무리이다.

미요는 품에 안고 있던 목도리를 키요카의 목에 살며시 둘렀다.

살짝 눈이 커진 키요카는 목을 감은 목도리에 손을 가져가더니 눈꼬리를 부드럽게 휘며 다정하게 미소 지었다.

“이능력자의 몸은 보통 사람보다 튼튼하니까. 이 정도는 아무렇지도 않아.”

“아무리 이능력자가 강하다고 해도 다칠 때는 다칩니다.”

이능력자라고 해도 감정이 없는 것도 아니고 불사신인 것도 아니다.

내내 신경을 곤두세우면서 남들의 비난을 받으면 마음은 피폐해지고, 만약 임무 중에 다치면 그로 인해 숨을 거두기도 한다.

작은 심신의 피로가 건강을 무너트리는 원인이 되기도 한다.

"저는 낭군님이 쓰러진 모습을 다시는 보고 싶지 않습니다."

"내가 쓰러진 적이 있었던가?"

시선을 대각선 위로 던지며 시치미 떼는 키요카를 보고 미요는 부루퉁해져서 미간을 찡그렸다.

"있었습니다. 잊어버리셨어요?"

"농담이야."

'정말이지'라면서 볼멘소리를 내는 미요를 보며 웃은 키요카는 대이특무소대의 진영으로 돌아갔다.

뇌리에 되살아나는, 키요카가 쓰러진 모습. 여름에 부하를 감싸고 눈을 뜨지 않게 되었던 키요카를 봤던 그때 너무나 두려워서 울어버릴 뻔했던 건 한 번도 잊은 적이 없다.

소중한 사람을 잃는 공포. 친어머니를 일찍 여읜 미요가 그 두려움을 선명하게 맛본 것은 그때가 처음이었다.

본가에서 살던 시절, 하나가 사라졌을 때도 상실감으로 가슴이 찢어질 것 같았지만 소중한 사람이 눈앞에서 숨을 거둘지도 모른다는 두려움은 그것과는 비교가 되지 않았다.

'아니, 지금은 그때보다 더…….'

키요카의 등이 순식간에 사라져버린 방향을 멍하니 바라보며 생각했다.

이 커다랗게 성장해버린 감정을 안은 채로 만약 그를 잃는 사태가 일어난다면, 자신도 어떻게 될지 상상이 가지 않는다.

하지만 분명 좋은 결과가 되지 않으리라는 것을 예감했다.

미요 본인이, 서로 사랑하는 사람들을 억지로 찢어놓은 고통과 슬픔 끝에 피해를 입은 사람 중 한 명이니까.

"미요, 빨리 안으로 들어오지 않으면 감기 걸려요."

"아라타 씨……."

현관에서 나온 아라타가 말을 걸었다.

뒤를 돌아본 자신은 대체 무슨 표정을 짓고 있었을까. 시선이 마주친 아라타는 살짝 숨을 삼켰다.

작게 한숨을 쉰 뒤 다시 온화한 미소를 지은 아라타가 미요 옆으로 다가왔다.

"그렇게 걱정하지 않아도 쿠도 소령님이라면 괜찮을 겁니다."

"낭군님도, 그렇게 말씀하셨어요."

“그럴 테죠. 소령님을 이길 수 있는 인간은 이 세상에 거의 없거든요.”

“하지만 우스이 나오시라고 하는 그분에게는…… 통하지 않잖아요?”

우스바와 그 분가인 우스이의 능력은 이능력자에게 유효하다. 아무리 강한 키요카라고 해도 예외가 아니다.

게다가 우스이의 이능은 그런 우스바 가와 우스이 가의 이능을 지닌 사람 중에서도 강력하다. 만약 우스이와 마주치게 된다면 키요카라고 해도 무사히 끝나지 않을 것이다.

우스바의 이능에 대해서 어느 정도 배운 지금의 미요는 잘 알고 있었다.

아라타는 조용한 눈빛으로 미요를 내려다보았다. 그 눈동자에 어떠한 빛이 떠올랐는지는, 밤의 어둠에 뒤섞여서 제대로 읽어낼 수 없었다.

“그럴지도 모르고, 그렇지 않을지도 모릅니다.”

“네?”

애매모호한 대답이었다. 그리 아라타답지 않았다.

“알고 계세요? 이능은 마음의 힘에 따라 강해지거나 약해지기도 한다고 합니다.”

“마음의 힘?”

지금까지 들은 강의에선 그런 이야기가 나오지 않았다. 심지어 마음의 힘이라니, 참으로 막연하지 않은가.

아라타는 눈썹꼬리를 살짝 내리며 어깨를 으쓱했다.

"어디까지나 그런 일도 있다는 정도지만요. 적어도 저는 마음 같은 걸로 이능의 힘이 좌우된 실감을 느껴본 적이 없습니다."

아무래도 명확하게 그러한 현상이 관측된 건 아닌 모양이었다.

그러나 다시 생각해 보면, 미요도 키요카를 구하고 싶다는 마음으로 첫 이능 제어에 성공했었다.

"하지만 가능하다고 생각하는 것 아닌가요?"

그런 게 아니라면 그런 대답은 하지 않을 것이다.

"……글쎄요. 가능하길 바라는 것 같기도 하고, 아닌 것 같기도 한 기분입니다. 만약 가능했다면――."

아라타는 일단 말을 끊고 후, 하며 숨을 내쉬었다.

"가능했다면 좀 더 다른 결과가 되었을 것 같아서요."

잘 이해할 수 없어 미요는 아라타를 올려다보았다. 하지만 그 말을 끝으로 아라타가 다시 입을 여는 일은 없었다.

어영부영 서서 이야기를 이어가는 사이에 동쪽에서 순식간에 밤의 장막이 내려와 군청색 하늘에 별이 흐릿하게 깜빡이기 시작했다.

정원은 붉은 기가 도는 주황색 석양을 받아 아직 밝다. 한편으로 현관 앞에서 궁성 내부의 다른 궁전이나 청사로 뻗은 대로로 이어진 좁은 길은 좌우에 상록수가 우뚝 서 있고 완전히 밤이 내려앉아 빨려 들어갈 것 같은 어둠으로 아득했다.

침묵을 지키는 두 사람 사이로 불현듯 엔진 소리가 들렸다.

어둠으로 뒤덮인 좁은 길 저편에서 환하게 빛나는 인공 불빛이 어른어른 흔들리며 점점 이쪽으로 다가왔다.

"어라……. 저 자동차는."

두 개의 전조등을 깜빡이는 자동차가 자갈을 밟으며 천천히 길을 따라 다가왔다.

안에 누가 타고 있는지 어두워서 잘 보이지 않았다.

미요와 아라타 앞을 대놓고 천천히 달리는 자동차. 키요카의 차인가 했는데, 모양이 조금 달랐다. 그렇다면 다른 아는 사람인 건지 머리를 굴려봐도 짐작 가는 사람은 없었다.

"저건 아마 대신 중 누군가의 공용차일 겁니다."

"대신……."

"아마 오늘도 타카이히토 님께서도 직접 참석하시는 회

의를 열었을 테니까요."

그렇다고 해도 이상하다. 공적인 장소인 전궁전도, 황제의 사적인 거처인 심궁전도 타카이히토의 궁전과는 거리가 떨어져 있으며 출구와는 반대 방향인 이 부근을 지나갈 길은 없기 때문이다.

미요와 아라타가 수상한 자동차를 경계하기 시작했을 때, 자동차가 정차하더니 안에서 내린 정장 차림의 남성 둘이 이쪽으로 다가왔다.

한 명은 딱 봐도 유복해 보이는── 고급스러운 정장으로 풍만한 육체를 가린 중년의 수염 남성. 다른 한 명은 아직 30대 정도의 보통 체형을 지녔으며 참으로 특징이 희박한 이목구비의 남성으로, 나름대로 좋은 옷을 입고 있긴 하지만 중년 남성과 비교하면 조금 떨어졌다.

"실례합니다. 하하, 궁성은 참으로 넓군요. 덕분에 길을 잃어버렸습니다."

생글생글 입을 연 사람은 젊은 남성 쪽이었다.

아라타는 즉각 미요를 등 뒤로 감싸며 두 남자와 대치했다.

"실례지만 당신들은 문부대신 각하와 그 비서관님으로 보입니다만. 대체 타카이히토 전하의 거처에는 무슨 용건이십니까?"

"그러니까 미아가 되는 바람에 길을 여쭈려고 한 겁니다."

젊은 남자── 문부대신 비서는 천연덕스럽게 대답했다.

미아가 되었다는 건 미아도 알 수 있는 거짓말이었다. 연말부터 지금까지 몇 번이나 회의를 위해 궁성을 방문한 대신과 그 비서가 이제 와서 길을 잃을 리가 없다.

'혹시……?'

겁을 먹은 모습을 보이면 안 된다고 생각해도 막상 공격을 받을지도 모르는 상황이 되자 손끝에서 핏기가 사라져 손이 차가워졌다.

키요카는 이미 대이특무소대의 진영으로 돌아가 버렸다.

하지만 황제의 궁전에서 여기까지 오려면 그 진영 주변을 지나가야만 하니, 키요카 일행이 사태를 깨닫기까지 그리 오래 걸리지 않을 터이다.

"길을 잃다니, 말도 안 되는 말씀을."

"모퉁이 하나를 잘못 꺾은 겁니다. 그 정도는 누구나 하지 않습니까."

날이 선 아라타의 지적에도 비서관은 천연덕스럽게 굴었다.

그런 비서에게 주의를 주지도 않은 채 문부대신은 미요와 아라타를 빤히 뜯어본 후 코웃음 쳤다.

"……흥. 굳이 전하께서 지킨다고 말씀하신 이능력자가 어떤 자들인지 했더니, 그냥 애송이와 볼품없는 계집 아닌가."

미요도 아라타도 이제 와서 이 정도의 모욕에 화를 내지는 않는다.

하지만 콧수염을 쓰다듬으며 말하는 대신의 모습은 참으로 거만해서 기분은 좋지 않았다.

"굳이 그런 애송이와 계집을 구경하실 필요도 없으실 테죠. 여기서 우회해서 오신 길로 돌아가면 바로 귀가할 수 있습니다."

아라타의 무례하다고 할 수 있는 말투에 대신과 비서관은 불쾌하다는 듯 눈썹을 찡그렸다.

"아무래도 윗사람을 대하는 방법조차 모르는 모양이군. 정말로 볼썽사나워."

"그렇게 말씀하셔봤자 안타깝게도 현재 계엄 태세를 펼친 상태라는 건 각하께서도 잘 알고 계실 겁니다. 경계 대상에는 각하도 포함됩니다. 예외는 없습니다."

아라타는 계속 분노를 억누른 목소리로 냉정하게 밀어냈지만, 그게 대신의 심기를 거슬린 모양이었다.

"우리처럼 힘도 없는 인간을 그렇게까지 경계한다면 이능력자도 별것 아닌 모양이군. 이능이라면서 허풍을 떨지만 실제로는 초월적인 능력 같은 건 못 쓰는 것 아니냐? 그러니까 토끼처럼 벌벌 떨기만 하는 거겠지."

노골적인 도발이다.

어쨌거나 일국의 대신이라는 사람이 이러한 언동을 해도 괜찮은 것일까.

미요는 지금까지 키요카나 타카이히토, 우스바 가의 사람들 등 자신의 역할과 책임을 준수하는 고결한 삶을 살아오는 사람들을 가까이서 봐 왔다.

그들과 비교하면 눈앞의 남자는 도저히 무거운 책임을 짊어진 사람으로는 보이지 않았다.

내면의 공포와 분노 속에서 약간의 기막힘과 실망이 묻어나는 느낌이 들었다.

"……돌아가 주십시오."

문답에 응할 필요성조차 느끼지 않게 된 건지 아라타가 짧게 대답했다.

"각하, 이 자들은 정말로 이능 같은 게 없는 것 아닙니까? 그러니 이렇게까지 저희를 쫓아내려고 하는 거죠. 뒤가 켕기는 게 있는 겁니다."

"하하하. 맞는 말이군. ――자신들이 존귀한 이능력자라고 주장한다면 그 증거를 보여봐라. 가능할 테지?"

아무도 존귀하다고 생각하지 않는다.

타카이히토나 미요를 지키는 건 이능심교가 노리기 때문이지, 이능력자가 소중한 존재이기 때문이 아니다.

국정에 관여하고 있으면서 진심으로 저런 말을 하는 거라면 이해력이 떨어진다는 수준을 넘어선다.

미요는 어떻게 반응해야 할지 알 수 없어 난처한 심경으로 아라타의 얼굴을 올려다보았다.

"그렇게 도발하셔도 응하지 않습니다. 무의미하고, 자칫 이쪽의 불이익이 될지 모르니까요."

아라타라고 해도 두 사람의 말에 전혀 화가 나지 않은 건 아닐 것이다.

하지만 타카이히토의 거처인 이 장소에서 이능을 사용해 소란을 일으킨다는 건 어리석기 짝이 없는 일.

어떠한 사정이 있는지는 모르지만, 이쪽을 도발해서 이능을 쓰게 만들려고 하는 상대방이 비상식적이라는 건 의심할 여지가 없다.

"건방진……."

위축된 듯 대신이 매도한 것과 동시에 갑자기 여러 개의 엔진 소리와 타이어가 자갈을 밟는 소리, 그리고 수많은 인간이 다가오는 기척이 느껴졌다.

"하세베 문부대신! 뭘 하시는 겁니까."

급정차한 자동차에서 안색을 바꾸며 내려온 정장 차림

의 남성이 소리쳤다.

미요는 무의식중에 안도의 한숨을 쉬었다.

'타카쿠라 님이시구나…….'

그에 대해서는 궁성에 머무르게 된 첫날 간단하게 소개 받았다. 나중에 키요카에게서 들은 이야기에 따르면 타카쿠라는 궁성 내의 관계자 중에서도 특히 타카이히토의 신뢰가 두터운 아군이라고 했다.

타카쿠라의 등 뒤로 궁내대신과 궁내청의 시종들도 따라오는 게 보였다.

더불어 그 뒤에는 대이특무소대의 사람들—— 키요카는 없었지만, 선두에는 고도의 모습이 있었다.

"뭘 하고 있냐니. 무례하군, 타카쿠라 내대신."

"지금은 예의 같은 건 상관없습니다. 아무리 대신이라고 해도 이 상황에선 행동을 자중해주시죠."

"자중이라고? 내 행동에 간섭하지 마라!"

문부대신은 언성을 높였다. 이어서 날카로운 눈으로 미요와 아라타를 노려보았다.

"애초에! 이 사기꾼 같은 자들을 무단으로 궁성에 들인다는 폭거를 저지른 건 그쪽이 아닌가!"

"타진은 했을 텐데요."

"나는 허락하지 않았다!"

타카쿠라의 반론에 발작할 기세로 짜증을 내는 문부대신을 말린 건 의외로 그의 비서관이었다.

"진정하십시오, 각하. 이 이상 소란이 커져도 문제가 되니, 지금은 참으셔야 합니다."

성난 말을 다독이듯 상사를 달래는 비서관과 한순간 미요의 눈이 마주친 느낌이 들었다.

'어……?'

살짝 어깨가 떨렸다. 노려봤다고 느낀 건 착각일까.

"미요. 왜 그러시나요?"

"아, 아뇨."

걱정하며 돌아본 사촌오빠에게 미요는 고개를 저었다.

말다툼으로 번졌으니 분명 비서관도 예민해져 있었을 것이다. 그렇지 않아도 미요나 아라타는 우스바 가의 인간이니 다른 이능력자보다 한층 더 인상이 안 좋다.

하물며 문부대신은 이능력자 자체에 부정적인 모양이었고 그 비서관도 언동으로 보아 이능력자를 싫어하는 건지도 모른다. 그렇다면 노려보는 것 정도는 어쩔 수 없다.

"죄송했습니다. 제가 길을 잘못 드는 바람에 이런 소란이 일어나고 말았군요."

비서관은 아무 일도 없었다는 양, 그렇지 않아도 그토록 대신을 부추겨놓고선 뻔뻔한 태도로 아라타를 향해 사과했다.

"그런 무성의한 사과는 필요 없습니다. 한시라도 빨리 돌아가 주시길."

"아하하. 당연히 화나실 만도 하지만 부디 용서해주십시오."

그렇게 말하며 비서관은 친근한 태도로 아라타에게 다가가 어깨를 가볍게 두드렸다. 어딜 봐도 사과하는 사람의 태도가 아니라 아라타가 얼굴을 찡그리는 게 보였다.

두 사람의 몸이 스쳐 지나갈 때, 비서관의 입술이 희미하게 달싹였다.

"——역할은 절대로 잊지 마시길."

순간 아라타는 눈을 크게 뜨더니 입술을 살짝 깨물었다.

작은 속삭임은 아라타 말고 다른 누구의 귀에도 들리지 않았다. 미요도 그 내용을 알 방도가 없었다.

비서관과 대신은 사람들에게서 민폐라며 흘겨보는 시선을 받으면서 자신들의 공용차로 돌아갔다.

"늦게 와서 죄송합니다. 미요 씨, 다치진 않으셨어요?"

고도가 미안해하는 얼굴로 다가왔다.

"고도 씨……. 괜찮습니다."

아라타가 감싸줬고, 미요가 다칠만한 일은 아무것도 없

었다. 그렇게 대답하자 고도는 다행이라며 진심으로 안도한 반응을 보였다.

“마침 대장님은 직접 전위에 가셨던 참이라서요. 지금쯤 소식을 받으셨을 테니 바로 돌아오실 테지만…… 죄송합니다.”

“괜찮습니다. 감사합니다. 저희야말로 여러분을 번거롭게 해드려서 죄송합니다.”

머리를 숙이자 아라타는 어째서인지 못마땅하다는 듯 차가운 미소를 지었다.

“미요, 사과할 필요 없습니다. 그들의 실수인 건 맞으니까요. 대신 각하 일행은 아무래도 아니었던 모양이지만, 그들이 만약 우스이의 변장이었다면 이미 손쓸 수 없는 사태가 일어났을 겁니다.”

“아니…… 네, 맞는 말씀입니다…….”

대화하는 사이에 문부대신과 비서관이 타고 온 자동차가 들으란 듯 엔진 소리를 울리며 달려갔다.

그리고 그 이지적인 외모에 초췌하게 가라앉은 분위기를 두른 타카쿠라도 가세했다.

“대단히 죄송합니다.”

“우선 아무런 피해도 없었지만, 다시는 같은 일이 일어나지 않도록 해주십시오. ……사정이 좋지 않다는 걸 모르는 건 아니지만요."

아라타는 타카쿠라에게도 엄격했다.

자세한 건 모르지만 정부도 한 덩어리는 아닌 모양이었다.

황제의 대리인 타카이히토에게 불신을 품은 사람이나, 계시라는 일반적으로는 이해하기 어려운 힘으로 통치자가 정해진다는 현 상황에 의문을 느끼는 자도 있다고 한다.

타카이히토는 이러한 세력과 싸우면서 계속 황제 대리로서 일했는데, 이번에 미요 일행을 궁성에 부르자 그에 대한 불만과 불신이 분출한 상태인 모양이었다.

문부대신도 그런 불만을 지닌 사람 중 한 명일 것이라고 상상이 갔다.

"그건 당연합니다. 타카이히토 님의 측근으로서 제 이름을 걸고 재발을 방지하도록 노력하겠습니다."

"부탁드립니다."

대신 일행이 무슨 목적으로 찾아온 건지는 결국 알지 못했다.

하지만 이대로 앞으로 최소 열흘이나 되는 기간 동안 무사할 수 있을지 불안해지기에는 충분했다.

"……그분들은 대체 무슨 용건이었던 걸까요."

미요는 고개를 갸웃거리며 혼잣말했다.

대신과 그 비서가 길을 잃었다는 건 말이 안 되니까, 무언가 다른 목적이 있었을 터이다.

"글쎄요. 확실하진 않지만 저희의 상황을 보러 온 거려나요."

"구, 굳이 그런 일로요?"

"정부는 어지간히 한가한가 봅니다."

아라타의 말투는 빈정거림과 가시로 가득했다.

'왠지 이상해.'

입가에는 평소처럼 부드러운, 사람 좋은 미소를 짓고 있으나 조금 전부터 보여주는 언동에는 아라타답지 않게 묘한 공격성이 섞여 있는 것처럼 느껴졌다.

"아라타 씨."

"왜 그러시죠? 미요."

미요가 부르자 역시나 평소와 다를 게 없는, 무해한 사촌오빠의 태도였다.

하지만 계속 위화감이 느껴졌다. 확인해 봐야 할지도 모른다.

"그, 괜찮으세요……?"

그럴싸한 질문은 나오지 않았다.

뭐라고 물어봐야 하는지, 어떻게 물어보면 아라타가 솔직하게 대답할지. 순간적으로 떠오르는 게 없어서 참으로 막연하게 물어본 자기자신에게 실망했다.

"뭐에 대해서 물어보는 건지는 모르지만 괜찮습니다."

"그, 아니, 그러니까. 그게 아니라요."

"그게 아니라?"

"그러니까, 뭔가 고민이나, 곤란한 일이라도."

눈을 이리저리 배회하며 더듬더듬 말하는 미요를 향해 아라타는 가벼운 웃음소리를 흘렸다.

"하하. 걱정하지 않아도 됩니다. 아, 하지만 곤란한 건 있네요."

"네?!"

털어놓는 걸까. 기대하는 마음에 힘차게 아라타를 올려다보았다.

하지만 이래저래 가면을 쓰는 게 능숙한 사촌오빠를 상대로 그렇게 쉽게 풀리진 않았다.

"당신이 자꾸 골치 아픈 일에 휘말리니까 조금도 눈을 뗄 수 없어서 곤란해요."

그런 걸 듣고 싶었던 게 아니다. 하지만 부정하려고 해도 사실이 그렇기에 부정할 수 없었다.

약혼자인 키요카만이 아니라 사촌오빠인 아라타에게도 늘 걱정을 많이 끼치고 있다는 자각은 있다.

"——다만."

머리 위쪽에서 굴러떨어진 아라타의 낮은 중얼거림.

"저도 당신을 영원히 지키지는 못하니까요."

쓸쓸한 듯 덧없는 말이 푹 박혔다.

잘 생각해 보면 당연한 말이다. 친척이긴 하나 같이 사는 것도 아닌 아라타에게 평생 호위받을 수 있을 리도 없고, 그럴 필요도 없다.

지극히 당연한 말인데도 그 한마디가 이렇게나 마음에 걸리는 이유는 무엇일까.

"아라타 씨……?"

"하지만 만약 제가 떠나도 지금의 미요라면 괜찮을지도 모르겠네요."

"그렇지는……."

괜찮다니, 그럴 리 없다. 정말로 괜찮다면 이러니저러니 해도 의식하는 키요카가 굳이 미요 옆에 아라타를 두지 않는다.

아라타는 다른 말은 듣지 않겠다는 듯 미요를 내려다보지도 않고 말을 이었다.

"당신도 많이 강해졌으니까요. 쿠도 소령님도 있고."

"아뇨. 강해졌다뇨."

"강해졌습니다. 그러니까 분명 그리 멀지 않은 미래엔 이렇게 함께 지내는 일도 없어지겠죠."

옆에 있는데도 아라타의 존재가 무척이나 멀게 느껴졌다.
대화를 나누고 있는데도 지금의 아라타에게는 아무런 말도 들리지 않는 느낌이 들었다. 그 이유는 짐작도 가지 않았다.
"죄송합니다. 제가 미요를 곤란하게 만들었네요."
분위기를 전환하듯 눈썹꼬리를 내리며 웃는 아라타의 진의를 간파하는 건 미요에겐 너무 어려웠다.
"아뇨……. 아라타 씨가 곤란하지 않다면, 저는."
"저는 평소와 똑같습니다. 다만 조금 짜증이 났던 모양이에요."
아라타의 본심을 알 수 없다. 그가 무슨 생각을 하는지 이해하려고 해도 곧바로 높다란 벽이 가로막고 있는 기분이었다.

❀ ❀ ❀

미요는 혼란스러웠다.
아니, 어안이 벙벙해서 제대로 된 생각을 하지 못하게 되었다는 게 정확하다.
"……제 이부자리, 이렇게 생겼던가요……."
지금 미요와 키요카의 눈앞에는 깔끔하게 깔린 커다란

이부자리와—— 어째서인지 나란히 놓인 두 개의 베개. 그 베개가 어마어마한 존재감을 뿜고 있었다.

"아니, 모르겠다만. 평소에도 베개를 두 개 썼던 게 아니라면 아니지 않을까."

옆에 있는 키요카도 어딘가 난처해하는 목소리로 중얼거렸다.

저녁에 일어난 사건으로부터 수 시간.

그 후 숨을 헐떡이며 돌아온 키요카가 이상이 없는지 철저하게 확인했다. 아무리 문제없다고 해도 조금도 귀를 기울여주지 않았다.

더불어.

『미요! 괜찮았어? 이상한 일 당하진 않았어? 미요에게 뭔가 큰일이 일어났다고 듣고 내가 너무 걱정돼서……!』

시언니가 살짝 눈물이 맺힌 얼굴로 조금 호들갑스럽게 잘됐다는 말을 거듭 반복하는 통에 유리에에게도 전염되어서 아주 난리가 났었다.

게다가 미요를 염려한 하즈키와 유리에가 키요카에게 당분간 타카이히토의 궁전에 머물러달라고 열렬하게 설득하고는 둘이서 느긋한 시간을 보내라는 엄명을 내렸다.

키요카는 최근 계속 일에 몰두했다. 마치 야영이라도

하듯, 이 추운 계절에 막사에서 숙박했으니 피로가 쌓였을 것이다.

기왕이면 미요를 호위한다는 구실로 잠시 푹 쉬는 게 어떻냐는 흐름이 자연스럽게 만들어졌다.

'이, 이상한 구석은 아무것도 없었…… 지?'

하즈키와 유리에가

키요카에게 '자, 쉬어야지. 자, 어서!'라며 강하게 밀어붙였지만 그건 원래 그랬다.

키요카도 미요도 그 두 사람의 제안에는 싫다고 하기 어렵다 보니 어영부영 떠밀리는 것도 늘 있는 일이었고, 부자연스러운 건 아무것도 없었을 터.

하지만 어째서일까.

미요가 입욕을 마치고 방으로 바래다주겠다는 약혼자의 호의를 받아들여 함께 미요의 방으로 돌아오자 내부는 깔끔하게 치워진 채 상술한 상태로 변모해 있었다.

물론 이 방에서 이러한 괴기현상이 일어난 건 이번이 처음이었다.

'어느새 아라타 씨도 없어졌고…….'

미요가 욕실에 들어가기 직전까지는 호위로 옆에 있었던 아라타의 모습도 사라졌다. 또 장지문 너머의 공간을 사용하는 유리에의 기척도 지금은 없었다.

이건, 어쩐지, 묘하게 기시감이 느껴지는 광경이라는 생각이 자꾸 들었다.

"함정에 빠졌군."

"……여, 역시 그렇죠?"

괴기현상으로 치워버리기에는 무리가 있을 것 같다.

하지만 하즈키와 유리에는 미요의 고민과 진지하게 마주 보고 이해해주었는데, 이런 강경 수단에 나왔다고 생각하기는 어려웠다.

게다가 키요카와 둘이서 쉬라고 했을 뿐, 같이 자라는 뉘앙스는 조금도 느껴지지 않았다.

그렇다면 이러한 상황을 만든 건.

"누나의 짓…… 은 아니고. 그래 봬도 아직 20대의 숙녀니까. 이런 음흉한 짓은 안 하지. 그렇다면 타카이히토 님인가."

질린다는 듯 도리질한 키요카가 툭 내뱉었다.

'쿠도가 별장에 갔을 때와 거의 같은 상황이야…….'

다만 그때와 다른 것도 있다.

"하아. 타카이히토 님의 소행이라면 내 침실을 따로 마련해주시지 않겠지."

여기가 쿠도 가의 저택이 아니라 남의 집이며, 모든 것은 타카이히토의 손바닥 위에 있다는 점이다. 즉 방을 나눠달라고 부탁해도 전부 타카이히토의 재량에 달렸다는 소리다.

사태는 심각했다. 미요와 키요카는 현 상황을 타파할 수단을 빼앗긴 셈이다.

“나 원, 이렇게 커다란 이부자리를 대체 어디서 가져온 건지.”

“…………”

“염려해준다고 하면 듣기야 좋지만…… 이게 다 큰 어른, 그것도 황태자가 할 일이냐고.”

어쩐지 말수가 많아진 키요카가 진저리를 치면서 이마를 눌렀다.

한편 미요는 그 자리에서 얼어버렸다.

‘나는…… 나, 낭군님과 자야 해? 저, 정말로?’

미요와 키요카는 같이 살고 있긴 해도 아직 약혼한 사이이지 부부가 아니다.

그런데 같은 이불을 덮고 자는 건 너무 빠르지 않을까. 아니, 빠른 게 맞다. 이상하다.

“미요.”

“네, 네헵!”

동요해서 목소리가 뒤집혔다.

“어쩔 수 없지. 자자.”

그렇게 말하며 아직 군복을 입고 있던 키요카가 겉옷을 벗은 뒤 구석에 놓여있던 잠옷을 집어 들었다.

묶고 있던 보라색 머리끈을 스르륵 풀자 아름다운 연갈색의 긴 머리카락이 등으로 흘러내렸다.

"……미요, 쳐다보면 갈아입기 불편한데."

키요카가 머뭇거리면서 말하자 멍하니 서 있던 미요는 정신을 차렸다.

갈아입는다. 그래, 지금부터 키요카는 잠옷으로 갈아입는다. 즉 이대로 여기에 서 있으면 그의 맨살을 목격하게 된다는 뜻――.

"죄, 죄송해요!"

소리치듯 사과한 뒤 허둥지둥 복도로 나와 손을 뒤로 돌려 장지문을 탁 닫았다.

얼굴에 불이 난 듯 부끄럽다. 겨울의 복도는 추울 텐데도 하오리를 벗고 싶어질 만큼 전신이 뜨겁고 땀이 흐를 것 같았다.

"나는 봐도 상관없다만."

"저, 저는 상관있습니다……!"

애초에 상관없다니. 키요카는 미요에게 옷을 갈아입는 걸 보여주고 싶은 건가. 설마 노출광 변태일 리 없으니 그건 아닐 것이다.

너무 동요한 나머지 사고가 이상한 방향으로 폭주했다.

옷감이 스치는 희미한 소리가 유독 크게 울리는 것 같은 느낌에 청각을 어디에 둬야 할지도 알 수 없다.

"끝났다."

순간인 것 같기도 영원인 것 같기도 한 시간이 지나가고 안쪽에서 장지문이 열렸다.

"추우니까 빨리 들어와. 쫓아내서 미안했다."

"네……."

방 안은 밝았다. 부끄러움에 귀까지 새빨개져서 눈이 촉촉해진 얼굴을 보여주고 싶지 않아 미요는 고개를 숙인 채 방으로 돌아왔다.

달아오른 몸에서 추운 공기 속으로 수증기가 피어오르는 게 아닌지 걱정된 미요는 도망치고 싶어졌다.

쭈뼛쭈뼛 시선을 올렸다가 후회했다.

키요카의 잠옷 차림은 매일같이 보고 있었으니 딱히 특이한 것도, 동요할 만한 모습도 아닐 터인데.

지금부터 같이 잔다고 생각하니 유독 얇은 잠옷을 입은 키요카가 농염해 보였다.

"미요, 너는 이부자리를 써라."

"네?"

머리가 펄펄 끓고 있던 미요는 약혼자의 말에 고개를

갸웃거렸다.

이부자리를 써라. 그래서야 마치 키요카는 이부자리를 쓰지 않는다는 것처럼 들린다.

"아무리 그래도 같은 이불을 덮고 자면 네가 편히 쉴 수 없을 테지."

"하, 하지만…… 낭군님은."

"나는 됐어. 자지 않아도 어떻게든 되고, 여차하면 앉은 채로도 잘 수 있다. 안심해, 옆에 있을 테니까."

아무래도 키요카는 미요만 이부자리에서 재우고 자신은 오늘 하룻밤 자지 않고 지켜볼 생각인 모양이었다.

하지만 그런 건 도저히 허락할 수 없었다.

"아, 안 됩니다. 낭군님이 이불을 써 주세요. 모처럼 피로를 풀 수 있는 좋은 기회니까요."

"그럴 수는 없어. 널 쫓아내고 나만 태평하게 자게 되잖아."

"그게 더 낫습니다."

미요는 어차피 내일도 종일 여기에 틀어박힐 것이다.

하지만 키요카는 아니다. 늘 신경을 곤두세우고 이능심교나 우스이의 공격을 대비하며 계속 막사에서 야영이나 마찬가지인 생활을 보내고 있다. 만족스럽게 쉬지 못했을 게 틀림없다.

다른 대원은 고도조차 이미 교대로 하루나 이틀 정도의 휴가를 받고 있다고 하는데 키요카에게는 그것도 없었다.

하다못해 이런 때 정도는 제대로 쉬었으면 했다.

"농담하지 말고."

크게 한숨을 쉬며 키요카가 미요의 머리를 가볍게 툭 두드렸다.

당연히 아프지 않았지만, 놀라서 부끄러워하던 것도 잊고 키요카의 얼굴을 올려다보았다.

"혼자 편히 이불을 덮고 잘 수는 없잖아. 얌전히 시키는 대로 해."

"……싫습니다."

주장이 평행선을 달린다는 걸 알아도 그만 반항했다.

키요카의 표정이 점점 부루퉁해진다는 것도 눈치챘지만. 그래도 이것만큼은 양보할 수 없다.

"낭군님께서 이불을 쓰지 않으시는 건 싫어요."

딱 잘라 말한 미요의 호소에 키요카는 마침내 포기한 모양이었다.

"어쩔 수 없지. 나는 타타미 위에서 잘게. 너는 이불에서 자라. 이 이상은 양보 못한다."

키요카는 미요의 대답을 듣지 않고 휙 등을 돌리더니

나란히 놓인 베개 중 하나를 집어 들었다. 타타미 위에 누우려는 그를 본 미요는 거의 무의식중에 움직였다.

"뭐야."

매달리듯이 붙잡은 키요카의 잠옷 소매.

마치 손가락의 살갗이 벗겨져 신경이 드러난 것처럼 그곳에만 온 정신이 집중되는 것 같았다.

한 번은 열이 식었던 뺨이 다시 뜨거워졌다.

"저기, 그…… 가, 같이……."

한계다. 다음 말은 도저히 할 수 없다. 부끄럽다. 파렴치하다.

손이 떨렸다. 최대한 짜낸 용기가 전해졌을까. 제발.

하얘질 정도로 소매를 세게 붙잡은 손가락을 살며시 풀어내는 손.

"알았어. 타카이히토 님의 책략에 넘어가 주는 건 마음에 안 든다만, 같이 잘까."

그저 이부자리에 눕는 것뿐인데 어딘가 어색한 동작으로 두 사람은 나란히 누웠다.

'나는 대체 무슨 짓을 해버린 거지…….'

심장이 귀에 달린 것 같은 느낌이 들었다. 그 정도로 강하게, 아플 정도로 격렬하게 가슴이 뛰었다.

어째서 그런 대담한 짓을 할 수 있었는지 스스로도 믿

기지 않았다.

미요와 키요카는 각자 이불 바깥쪽을 보며 누웠다.

등 뒤를 의식해선 안 된다.

자칫 심하게 뛰는 심장박동이 이불을 타고 키요카에게 전해질 것 같아서, 숨이 막힐 것만 같은 숨소리가 들릴 것 같아서.

미요는 최대한 이불 가장자리에 자리를 잡고 작게 웅크렸다.

이렇게 아침까지 숨을 죽이고 보낼까.

미요가 그런 생각을 한 그때, 불현듯 키요카가 입을 열었다.

"……잠이 안 와?"

잠든 척해봤자 바로 들킨다.

미요는 최대한 목소리가 떨리지 않도록 조심하며 '아, 아뇨' 하고 작게 대답했다.

"잘 수 있습니다. 열심히, 자겠습니다."

그렇지 않으면 분명 키요카도 미요가 제대로 자는지 신경 쓰여서 잠을 못 잘 것이다.

눈을 감았다.

어떻게든 의식을 놓으려고 애를 썼으나, 심장 소리가 계속 시끄럽고 자꾸 등 뒤의 기척을 의식하게 돼서 도통

잠이 오지 않았다.

이래선 정말로 그냥 눈을 감고 있을 뿐이다.

그러자 다시 키요카가 중얼거리듯이 말했다.

"못 자는 거지?"

"……네."

포기하고 이번에는 솔직하게 대답했다.

자신이 같이 자자고 해놓고 참으로 한심했다.

이불에 눕기만 한다면 자연스럽게 잠들어서 키요카를 의식하지 않고 잠들 수 있을 거라고 어딘가 낙관했던 자신을 혼내고 싶었다.

"미요."

"네, 네에……."

"잠이 올 때까지 잠시 이야기할까."

미요를 배려하는 걸까. 그를 쉬게 해주고 싶어서 그렇게 버텨놓고 이런 꼴이라니, 어쩐지 자신이 너무 못나서 더욱 안절부절못했다.

하지만 한편으로 이렇게 단둘이 아무런 잡음도 없는 장소에서 대화할 수 있다는 게 기뻤다.

"무슨 이야기를 하나요?"

"……너는 무슨 이야기를 하고 싶은데?"

최근 며칠 동안 천천히 이야기할 시간이 없었다.

키요카는 바쁘다. 매일 만나러 와 주지만, 같이 식사하는 정도가 고작이다.

그렇기에 하고 싶은 이야기가 많이 있었던 것 같았는데.

막상 판이 깔리자 영 떠오르지 않았다.

"그럼 잠이 올 때까지 서로 하나씩 질문하고 거기에 대답하는 건 어떻지?"

"알겠, 습니다."

키요카에게 묻고 싶은 것. 미요는 어둠 너머로 벽을 빤히 응시하며 생각했다.

하지만 정작 질문보다 키요카의 갑작스러운 제안이 통 석연치 않았다.

서로 질문을 던진다니. 별로 그답지 않은 제안이라는 생각이 들었다. 왜냐하면 그래서야 마치 키요카가 미요에 대해 알고 싶어 하는 것 같으니까.

미요가 끙끙 고민하는 동안 키요카는 바로 질문을 입에 담았다.

"그럼 나부터 물어보지. ――여기에 온 뒤로 뭔가 곤란한 일이나 무서웠던 일은 있나?"

"아뇨."

미요는 암흑 속에서, 키요카에게는 보이지 않는다는 걸 알고 있어도 작게 고개를 저었다.

"다들 친절하게 대해 주시고, 늘 소중히 지켜주셔서…… 축복받았다고 생각한 순간이라면 몇 번이나 있지만요."

"그랬구나."

모두가 미요를 소중하게 지켜주고, 그 생활이 위협받지 않도록 배려해준다.

그러니 곤란한 적도 무서웠던 적도 없다.

굳이 말하자면 오늘 저녁의 그 사건 때는 간담이 서늘해졌다. 만약 그 대신과 비서가 우스이의 수하였다고 생각하면 몸이 움츠러들어서 떨림이 멈추지 않았다.

하지만, 그래도. 본가에 있을 때 같은 고독은 조금도 느끼지 않았고, 아라타나 바로 달려와 준 타카쿠라, 대이특무소대 대원들을 보고 안심이라며 의지했다.

진정한 의미로 위기를 느낀 적은 없었다.

새삼 떠올리자 자신이 너무 약한 어린아이처럼 불안불안해서 겸연쩍었다.

"네. 저기, 그럼 저도. ……낭군님께선 지금까지 일을 괴롭다고 느낀 적은 있으세요?"

미요는 민망함을 숨기며 키요카에게 물었다.

마땅한 질문이 떠오르지 않아, 자신이 받은 것과 비슷한 질문이 되고 말았다.

'하, 하지만 낭군님에 대해서라면 뭐든 알고 싶으

니까…….'

속으로 변명하고 있었더니 키요카가 선뜻 대답했다.

"직무 자체를 괴롭다고 느낀 적은 없군."

"한 번도요?"

되물어본 뒤에야 미요는 '하나씩 질문한다'는 규칙을 떠올리고 두 손으로 입을 틀어막았다.

"앗, 죄송합니다. 두 개나 질문해버렸어요."

목소리에서 미요가 풀이 죽었다는 걸 알아차린 건지 키요카는 웃음기 섞인 목소리로 '괜찮아' 하고 대답했다.

"음, 한 번도 없어. 아니, 군무 관련으로 나름대로 고생한 적도 있지. 동료나 부하가 다치고 쓰러졌을 때는 후회도 한다. 그래도 괴로운 역할이라고 생각한 적은 없어."

"그렇, 군요……."

키요카는 아무렇지도 않게 말하지만 분명 육체적으로도 정신적으로도 상당한 고통을 느낄 게 틀림없다.

예전에도 들었던 고도의 아버지 건도 마찬가지다. 가까운 사람들이 차례차례 쓰러지는 모습, 죽어가는 모습, 그리고 그걸 구하지 못했을 때의 깊은 회한.

대체 얼마나 큰 고통을 견뎌왔을지 미요는 상상도 할 수 없었다.

"너는 어떻지? 내 약혼자가 된 걸 후회하진 않나?"

또 하나 질문이 날아왔다.
하지만 이 질문에 대답하는 건 무척이나 쉬웠다.
"조금도 후회하지 않습니다. 처음에는 동생 대신이라고 불안했었죠. 하지만 언제부터인가 그것도 사라졌고요."
"그렇다면 다행이군."
밤의 정적에 목소리가 빨려 들어가며 사라진다.
두 사람의 희미한 숨소리만이 잠시 허공을 떠돌았다.
"…………."
"…………."
아주 조금, 눈꺼풀이 무거워졌다.
그래서인 걸까.
반쯤 몽롱한 머리로, 그의 내면에 깊이 파고드는 걸 물어보고 싶어진 것은.
"낭군님은, 그게, 그러니까."
사르르 의식을 감싸는 졸음 속에서 마지막으로 남은 이성과 숙녀의 교양이 입술의 움직임을 방해했다.
"뭔데?"
쌀쌀맞게 들리기도 하는 맞장구 안쪽에서 부드러움이 느껴졌다.
"연모라는 감정을── 느껴본 적이 있으신가요?"
정신을 차리자 그 질문을 던진 뒤였다.

한 번 입 밖에 냈더니, 신기하게도 이젠 돌이킬 수 없다며 뻔뻔해진 듯한 기분이 들었다.

"……연모, 라."

키요카의 작은 중얼거림이 암흑 속으로 떨어지고, 녹는다.

잠시 생각에 잠기는 기척이 느껴진 뒤, 하나하나 확인하듯 이야기하기 시작한 키요카의 어조는 조금 머뭇거림이 섞여 있었다.

"솔직히 이런 것이 연모다, 연애다 하고 확신한 적은 딱히 없다. 나는 타인이 나에게 향하는 감정에도 내 감정에도 일부러 둔감하려 했다는 것을 지금은 알고 있지. 정실하게 마주 보는 것에서 도망치고 있었다. 그래서, 없어."

어딘가 후회하는 듯한 말투가 의외라서, 미요는 키요카에게 등을 보인 채로 숨을 삼켰다.

하지만 당연한 건지도 모른다.

왜냐하면 그는 다정하고 배려심 있는, 제대로 부드러운 부분을 지닌 인물이지만 동시에 서툰 면모도 지녔기 때문이다.

따라서 그것은.

"낭군님은 그렇게 스스로를 지키셨군요."

미요가 본가에 있을 때 감정을 얼굴에 드러내지 않으려

고 했던 것과 마찬가지다.

“그렇게 되나. 그저 불성실했을 뿐이었다고 보는데. 하지만, 그렇다면. 너야말로 어떻지?”

“네?”

다시 졸음에 몸을 맡기기 시작한 미요의 의식이 조금 명료해졌다.

“무언가를 두려워하는 것 아닌가? 착각이라면 됐고. 하지만 고민하는 무언가가, 네 앞을 막는 무언가가 있지?”

“그건…….”

눈치채고 있음을 알아차렸다.

미요가 말하지 않는, 겉으로는 드러내지 않는 마음을 키요카는 눈치챘다. 그리고 왜 그걸 숨기는 건지 묻고 있다.

미요는 대답을 망설였다.

먼저 파고든 건 자신이다. 거기에 그는 진지하게 대답해주었다.

그러니 미요가 흐지부지 피해버리는 건 큰 죄책감이 느껴졌다. 하지만 마음은 완전히 겁을 집어먹어서 발을 내디딜 수 없다.

“——나는 의지가 안 되나?”

어딘가 모를 차가움과 위태로움이 묻어났다.

순간 망연해진 미요는 서둘러 부정했다.

“아, 아닙니다.”

이불을 꽉 움켜쥐었다.

불안하게 만들고 있는 걸까. 자신이, 그를.

『널 아주 좋아하는 네 약혼자는 상처받지 않을까?』

문득 하즈키의 말이 되살아났다.

“아니에요…… 낭군님이 의지가 안 된다니, 단 한 번도 그런 생각은 해본 적 없습니다.”

키요카가 의지가 안 되는 게 아니다. 그건 오히려 미요다.

자신이 얼마나 부족한 인간인지 알고 있기에 믿을 수 없다.

제멋대로라는 건 잘 안다. 모순이라는 것도. 왜냐하면 이미 미요는 이 어찌할 수 없는 마음을 따라 키요카의 약혼자 자리에 매달렸으니까. 그렇게 여기에 있다.

누군가를 불행하게 만드는 건 견딜 수 없다.

그러니 영원히 지금 이대로 따뜻한 나날이 이어진다면, 그것만 있다면 타오를 듯한 마음은 필요 없다.

“미요.”

“네.”

등 뒤에서 키요카가 몸을 돌려 이쪽을 돌아보는 기척이 느껴졌다.

미요도 돌아보았다.

암흑 속에서도 그 진지한 눈빛이 선명히 보일 만큼 두 사람의 거리는 가까웠다.

"나는 현 상황에 만족하지 않아. 더 많은 것을 손에 넣고 싶다. 가능하다면 더 깊이 빠지고 싶다는 생각마저 해. 다른 누구도 아닌, 너와."

즉 키요카가 미요의 마음을 원하고 있다는 의미가 아닐까.

너무나도 큰 충격에 숨을 죽인 미요는 할 말을 잃어버렸다.

"저는."

"너는 그걸, 그런 나를 어리석다고 생각하나? 길을 잘못 들었다고 느낄까?"

가슴속의 갈등을 간파당한 듯한 질문이었다.

하지만 미요의 마음은 돌을 던진 수면처럼 출렁거릴 뿐, 조금도 답을 내지 못했다.

"……아뇨."

시선을 내리며 가까스로 그 대답만을 돌려주었다.

불현듯 키요카의 하얀 손가락이 다가와 미요의 뺨을 살며시 쓰다듬었다. 부드럽게 어루만지기만 할 뿐인 손끝이 따뜻해서 차가운 뺨에 열이 스며들었다.

"미안하다. 나만 계속 질문했군."

난처한 듯 힘없는 사죄. 자신이 그렇게 만들었다고 생각하자 말이 잘 나오지 않았다.

미요는 그저 눈을 감고 조용히 도리질했다.

그러는 사이에 의식이 천천히 잠으로 끌려 들어갔다.

4장 꿈속에 존재하는 과거

하늘에는 회색 구름이 끼고 바깥은 한층 추워져서 찌를 듯한 바람이 불었다.

아직 눈이 내리지는 않았으나 슬슬 날씨가 궂어지리라는 건 누가 봐도 명백한, 뒤숭숭한 하늘이었다.

제국에서 가장 고귀한 일족이 기거하는 궁성 부지 안, 궁내청과 내대신부 청사가 설치된 일각과 가까운 장소에 전위라 불리는 대이특무소대의 임시 진영이 있다.

진을 친 날로부터 벌써 열흘.

진영에 세워진 막사에는 직사각형의 간이 탁자와 의자가 여럿 놓였고 여러 명의 대원이 상시 대기하고 있다.

그리고 현재 막사 안에는 대장인 키요카를 포함한 몇 명이 모여있으며, 여기에 한 명이 더 가세한 참이었다.

"아, 벌써 시작했습니까? 빠르네요."

긴장감이 조금도 느껴지지 않는 태평한 목소리가 울렸다.

모습을 드러낸 이는 화려한 원색의 화려한 기모노 차림에 화려한 무늬가 들어간 부채를 만지작거리는 청년.

여느 때와 같이 방탕해 보이는 모습의 타츠이시가 당주, 타츠이시 카즈시였다.

"……더 일찍 오라고."

"시간 맞춰 왔으면 됐잖아."

얼굴을 찌푸린 고도가 쓴소리를 했지만 카즈시는 어깨를 살짝 으쓱할 뿐이었다.

이미 이러한 대화도 익숙한 광경이 되어가고 있었기에 진작에 훈계를 포기한 키요카는 미미한 한숨을 쉴 뿐이었다.

"이거 처음부터 설명하는 게 나으려나요. 히힛."

끈적하게 달라붙는 듯한 말투로 발언한 사람은 전에 다친 고도를 치료했던 치유 이능력자 의사, 운안 쟈쿠지였다.

의사이면서 몇 없는 이능력자 관련 연구자라는 일면도 지닌 그는 키요카의 어머니쪽 친척이다.

"결론만 말하면 된다."

키요카는 쌀쌀맞게 대꾸했다.

운안과는 오래 알고 지낸 사이지만 적극적으로 교류하고 싶은 인간은 아니다. 그렇기에 매번 태도가 조금 딱딱했다.

당사자는 개의치 않아 하기에 딱히 변하는 일도 없이 그대로 이어지고 있다.

"아, 그래요. 그럼 결론만 말하자면, 인간들에게 보이는 이형—— 그건 역시 부분적으로 실체를 지니게 한 것 같아요."

실체와 영체. 바꿔 말하자면 육체와 영혼이라고도 한다.

인간이나 동물은 육체 안에 영혼을 지님으로서 이 세계에 존재할 수 있다.

한편 종래의 이형은 영체, 즉 영혼만 있는 존재다. 육체를 지니지 않았기에 영체를 지각(知覺)할 수 있는 이능력자나 견귀의 재능을 지닌 사람에게만 보인다.

'하지만 이능심교는 보이지 않아야 할 이형을 보이게 만들었지.'

영혼뿐인 이형을 일반인의 눈에도 보이게 하는 가장 유력한 방법은 실체를 지니게 하는 것. 서양식으로 바꿔 말한다면 수육(受肉)이라는 단어와 거의 같다.

실제로 힘이 강하고 인간과 다름없는 자아를 지니는 고위 이형은 자유롭게 실체를 입거나 없애면서 인간 세상에 섞여 생활하기도 한다.

하지만 이능심교의 방식은 다르다.

어떻게 한 건지, 힘이 약한 이형에게 실체를 부여하여 대중들이 볼 수 있게 했다.

구조는 이전 구도 가 별장 근처에서 마주친 오니에 빙의된 인간이나 오니의 피 때와 같은 모양이다.

그때는 인간의 육체에 오니를 빙의시켜 실체를 갖게 하고, 그 피를 오니의 피로서 추출하여 이능심교 신도에게 투여해 인공적으로 이능력자를 만들어냈다.

아마도 이번 이형은 거기서 한층 발전한 형태일 것이다.

"안에서 이런 게 나왔는데요. 보시죠."

운안은 밋밋하고 하얀 작은 접시를 탁자 위에 놓았다. 동시에 품에서 해외에서 들여온 듯한 돋보기도 꺼내 접시 옆에 나란히 두었다.

"이걸로 이 접시 중앙부를 봐 보세요."

돋보기를 사용할 필요도 없었다. 운안이 가리킨 접시 중앙을 보자 아주 작은, 어린아이의 새끼손가락만 한 크기의 투명한 구체가 있었다.

"하도 작아서 발견하느라 고생했다니까. 이건 결계랍니다."

"이것이……?!"

고도가 놀라서 소리쳤다.

운안은 어째서인지 그 반응에 만족스러운 듯 징그러운 미소를 지었다.

"이야, 대단하죠? 이렇게 작으면서 튼튼한 결계를 처음 봤어요. 변태라니까. 어지간히 결계술과 상성이 좋고 결계술에 능한 술자가 이능심교에 있는 거겠죠."

어딘가 도취한 듯한 뉘앙스에 키요카는 얼굴을 찡그렸다.

술자가 누구인지는 모르지만, 운안에게 변태란 말을 듣고 싶진 않을 것이다.

다만 결계술을 구사한 자의 실력이 뛰어나다는 건 확실하다.

키요카는 결계 강도에는 어느 정도 자부심이 있지만, 이렇게까지 섬세한 결계를 만들 수 있냐고 묻는다면 그리 자신은 없었다.

"그렇구나, 대단한데. 하지만 어떻게 해야 이걸로 이형에게 실체를 줄 수 있는 거야?"

카즈시가 묻자 운안은 잘 물어봤다는 양 나불거리기 시작했다.

"결계만이 아니라 이능이나 술법은 실체에도 영체에도 효과가 있는데, 쌍방에 효과가 있다는 건 즉 쌍방을 서로

묶어준다는 뜻이거든요. 그 구체형 결계 안에는 인간의 손톱 조각이 들어있어요. 누구 건지는 모르지만요."

"손톱……."

듣고 보니 투명한 구체 안에 무언가 이물질이 어른거렸다.

"안에 손톱이 들어간 결계를 이형에게 이식. 즉 결계의 내부는 실체로 작용하고 외부는 영체로 작용합니다. 이러면 이형은 결계와 함께 몸속에 파묻힌 '인간의 손톱'이라는 생물적인 실체에 영향을 받아 완전하지는 않아도 실체를 지닌 생명이 된다는 거죠."

이형이 아주 일부라도 실체를 지니면 전원은 아니라도 많은 사람의 눈에 보이며 실제로 만질 수도 있게 된다.

다소 복잡하지만 이론은 이해했다.

'골치 아프군.'

영체를 섬멸할 생각으로 사용한 이능이나 주술은 자연스레 실체에는 잘 듣지 않는다.

실체를 지닌 '잘 보이는 이형'을 쓰러트리려면 상대를 영체가 아니라 실체라고 생각하며 공격해야만 한다.

하지만 그것도 어렵다.

이능력자나 술자는 그동안의 경험상 이형은 영체라는 인식의 무의식중에 박혀있다. 이형과 마주친 순간 즉각 그게 실체가 있다고 머리를 전환하는 건 지극히 어려우며, 그런 망설임이 빈틈이 된다.

단, 구조를 알았으니 그 외에 다른 대처법도 있다.

“그렇다면…… 이식된 결계를 해제하면 이형의 실체화도 풀리나?”

목을 갸우뚱 기울인 고조의 말에 운안이 고개를 끄덕였다.

“정답. 그래서 그를 부른 거죠.”

전원의 시선이 카즈시에게 집중되었다.

“아하. 결계는 술법이니까 해술 전문인 내 분야라는 건가.”

카즈시는 견귀의 재능을 갖고 있지만 이능은 거의 사용하지 못한다. 대신 해술을 배워서 여기에 특화한 술자로서 이능력자를 보조하고 있다.

카즈시 나름대로 술자로서의 생존전략이라고 할 수 있다.

“결계를 해제하기만 한다면 이형은 실체화를 유지하지 못하게 되고 종래의 보이지 않는 이형으로 돌아갑니다. 혹은 키요카처럼 강한 이능력자라면 의식적으로 결계를 파괴할 수도 있고. 튼튼한 결계지만 절대 부술 수 없는 건 아니니까요.”

강도가 강한 결계를 힘으로 부수는 건 어렵고, 이렇게

까지 정교한 결계라면 술식 구조도 복잡하기 때문에 해술하려면 상당한 기술이 필요하다.

그래도 이능력자나 술자에게 '상대는 실체를 지닌 이형이다'라고 인식하는 것보다는 '상대의 정체는 결계다'라고 인식하는 게 다소 편하다.

뭐, 알아봤자 성가신 건 변함 없지만.

키요카는 곧바로 대원들 각각의 능력을 떠올리고는 제대로 대처할 수 있을 법한 반의 재편성을 따져보았다.

그 틈에 카즈시가 살며시 접시로 손을 뻗었다.

"아, 정말 풀렸다."

구체가 소리 없이 스으윽 사라지더니 아주 작은 가루 수준의 하얀 손톱 조각만이 접시 위에 남았다.

"너! 멋대로 무슨 짓이야!"

"뭐 어때. 이로써 해술이 제대로 통한다는 걸 알았잖아. 다음부터는 이렇게 하면 바로 해결이야."

카즈시의 방자한 태도를 고도가 지적했지만, 당사자는 한 귀에서 한 귀로 흘려듣고는 태연하게 대꾸했다.

키요카는 자신 휘하에 있다고는 하나 카즈시에게 주의를 주는 건 단념하고 고도를 돌아보았다.

"고도. 전 대원에게 신속히 연락해라. 앞으로 일반인에게도 보이며 이능이 잘 통하지 않는 이형을 마주쳤을 시,

해술을 사용할 수 있다면 그것으로 대처. 그렇지 않은 경우에는 힘으로 결계를 파괴하거나 결계로 포박하라고."

"알겠습니다!"

등을 곧게 편 고도가 고개를 끄덕인 걸 확인한 뒤 이번에는 카즈시에게도 당부했다.

"타츠이시. 너도 많이 일해줘야겠다."

"알고 있습니다. 그러기 위한 저이니까요."

카즈시는 경박한 미소를 지으면서 승낙했지만, 고도가 눈에 쌍심지를 켜고 달려들었다.

"타츠이시! 너 대장님께 절대 폐 끼치면 안 된다? 절대로."

아무래도 고도는 카즈시를 앞에 두면 평소의 가벼운 태도를 잊어버리는 모양이었다.

유독 적개심을 불태우지 않아도 두 사람의 실력을 비교하면 고도가 우위에 있지만, 그런 문제가 아닌 건지도 모른다.

"아무렴요. 나 원, 고도는 정말 대장님에게 푹 빠져있구나. 그러니까 연인이 없는 거 아니야?"

"뭐?! 이상한 소리 하지 마."

"됐으니까 빨리 가라. 시끄러워."

키요카는 치열해지려는 분위기를 강제로 끊고 두 명을

노려보았다.

"……넵."

고도는 마지못한 얼굴로, 카즈시는 히죽거리는 얼굴로 막사에서 나갔다.

밖에는 이미 눅눅한 바람이 불고 있었다.

✿ ✿ ✿

미요는 멍하니 눈꺼풀을 들어 올렸다.

풀 내음을 실은 훈풍이 피부를 스치며 미요의 긴 머리카락을 살그머니 흔들었다.

슬슬 익숙해지기 시작한, 고풍스러운 목조 저택의 정원. 이미 여기가 어디인지 알고 있다.

'과거의 우스바 가…….'

몽견의 힘이 보여주는 과거의 진실이다. 어머니, 스미가 살아있을 적 우스이가 만났던 장소와 그 기억.

이것은 과거의 어느 시점일까.

몇 번인가 찾아오는 사이에 시간이 점점 흘러가는 듯한 느낌이었지만, 실제로는 확실하지 않다.

저택 처마 밑으로 뻗은 그림자 속에 젊은 시절의 스미가 보였다.

선명한 나팔꽃무늬의 명주옷을 입고 매끄러운 검은 머리카락에는 귀여운 꽃장식 비녀를 꽂아 뒷머리를 조금 남기고 틀어 올렸다.

참으로 소녀 같은 인상의 스미는 처마 밑에 서서 어딘가 먼 속을 바라보는 것처럼 보였다.

늘 그녀 옆에 있던 우스이는 지금은 없다. 없는데도.

직감적으로 알았다.

——그래. 전에 똑같이 꿈속에 들어갔을 때의 위화감.

'안 돼. 빨리 눈을 떠야 해.'

나무줄기에 손을 짚자 나뭇결의 거친 감촉과 딱딱함이 생생하게 전해졌다.

이대로 여기에 있으면 안 된다. 의식 깊은 곳, 본능이 경계하라고 외쳤다.

"기다렸단다. 미요."

깜짝 놀라 갑자기 냉수를 뒤집어쓴 것처럼 숨을 삼켰다.

옆에서 들린 목소리는 등이 얼어붙을 것처럼 담담했지만, 더없는 희열을 품은 것처럼 들리기도 했다.

"당신은……."

둥근 안경 너머에서 빛나는 눈동자는 두려운 광기의 색이 깃들어 있다. 서생 같은 차림새로 현재보다 다소 젊은 외모이긴 하지만 그 인상은 변함이 없다.

우스이 나오시. 그가 명확하게 미요를 인식하고 불렀다.

핏기가 사악 사라졌다.

"그렇게 긴장할 필요 없어. 아무것도 하지 않을 거고, 어차피 꿈속에서는 누구도 널 이길 수 없으니 아무것도 못 해."

진실일지도 모르지만, 그렇다고 해서 안심할 수 있을 리 없었다.

미요나 미요의 주변 사람들을 상처 준 사람을 앞에 두고 경계를 푼다는 건 명백히 어리석은 짓이다.

하지만 근본적인 문제로서, 지금 상황은 이상하다.

"어째서."

왜 꿈속의 인물인 우스이와 대화할 수 있는 걸까.

꿈속에 들어오는 건 몽견의 이능이 지닌 최대의 특징이다. 유일무이하며, 설령 우스바 가의 이능력자라고 해도 미요 말고는 쓸 수 있는 사람이 없다. 그걸 왜 이 남자가 사용할 수 있는 걸까.

멍하니 중얼거린 미요를 보고 우스이는 입꼬리를 끌어올렸다.

"너는 지금까지 실제로 있었던 과거를 꿈으로 보고 있다고 생각했지? 확실히 몽견의 힘을 사용하면 과거도 미래도 현재도 볼 수 있다고 하지. 하지만 사실 이 과거의 우스바 가는 내 꿈속이거든."

"네……?"

예상치 못한 충격에 눈을 부릅떴다.

미요는 지금까지 이러한 꿈을, 현실에서 일어났던 일을 추체험하듯이 단순한 기록을 바라보는 것이라고 생각했었다.

왜냐하면 전에 사이모리 가의 과거를 꿈에서 봤을 때는 그랬기 때문이다. 그건 누군가의 꿈속이 아니었다. 굳이 말하라면 미요는 미요 본인의 꿈속에서 과거를 보았다.

그러니 이 꿈도 같은 줄로만 알았다.

우스이는 젊은 시절의 모습으로 눈을 가늘게 휘며 우스바 저택을 쳐다보았다.

"스미와 헤어진 뒤로 평화로웠던 시절의 꿈을 꾸지 않았던 날이 없어. 이 기억은 사실 과거를 돌아보는 내가 꾸는 꿈이란 뜻이란다."

"제가 계속해서 꾸던 우스바 가의 꿈은, 전부……."

"네가 몽견의 힘으로 내 꿈속에 들어왔던 거지."

지난번에 느꼈던 위화감의 정체가 그것이었다.

'그냥 과거의 그림이나 사진을 보는 거라고 생각했는데, 그게 아니었구나.'

허구의 종이 인형극과 마찬가지라고 생각했던 과거 속

에, 실제로는 스미를 잃고 이능심교를 이끌어 제국을 혼란에 빠트리려고 하는 지금의 우스이의 의식이 있었다.

그때 과거의 방관자에 불과한 미요를 꿈속의 등장인물이 알아차릴 리 없다고 여긴 건 잘못된 생각이었다.

우스이를 만난 뒤로 이따금 보았던 우스바 가의 과거는 전부 우스이의 뇌리에 남아있던 기억이 꿈이 되어 나타난 것이었으리라.

"누군가가 훔쳐보는 듯한 묘한 위화감이 느껴져서 혹시나 했는데, 진짜였던 모양이구나."

미요는 한 걸음, 두 걸음 뒤로 물러나 거리를 벌렸다.

꿈이라면 설령 우스이가 손을 댄다고 해도 현실에 피해가 나오지 않는다. 하지만 혐오감이 더 커서 그리 가까이 있고 싶지 않았다.

'당장에라도 꿈에서 깨고 싶은데.'

아무리 시간이 지나도 꿈속 세계에서 현실로 돌아가는 감각이 없다. 이능력자로서 자신의 미숙한 능력이 답답했다.

도망치지 못한다면 어쩔 수 없다.

미요는 각오를 다지고 우스이를 똑바로 응시했다.

우스이에게서 조금이라도 많은 정보를 끌어내자. 하다못해 이 기회를 살려 키요카와 다른 사람들에게 도움이 되도록.

모처럼 우스이의 이능을 두려워하지 않고 대화할 수 있으니까.

"……어째서 그렇게, 남을 상처 주는 짓을 하시는 거죠?"

"남을 상처 준다니?"

우스이도 미요의 문답에 답해줄 마음이 있는 모양이었다.

어느새 그늘 속에 있던 젊은 시절의 스미는 사라지고 세상엔 미요와 우스이 둘만 남아있었다.

우스이는 조금 전까지 스미가 있던 처마 밑 그늘에 들어가 땅바닥에 앉았다.

"사람을 이능력자로 바꾸거나, 카오루코 씨 때처럼 속이거나 하는 거요. 상처받은 사람이 많이 있습니다."

"다들 자신이 선택하고 자신이 불러온 결과지. 상처받았다고 해도 이쪽엔 책임이 없다. 너는 사람이 굴러 넘어진 길거리의 돌멩이에 대고 왜 사람을 다치게 하냐고 규탄할 건가?"

"……아뇨."

말문이 막힌 미요는 고개를 숙였다. 말재주로는 승산이 없었다.

우스이는 언변과 손재주로 남을 속이고, 나아가 제국민

의 마음까지 붙잡으려고 하는 남자니까.

빠르게도 꺾일 듯한 마음을 어떻게든 추슬렀다.

"이능력자를 늘리고, 황제 폐하를 데려가서 나라를 지배한다니…… 잘못된 생각이에요. 무언가를 바꾸고 싶다면 다른 수단이——."

"그래, 알았다. 모처럼 좋은 기회이니 말해둘까."

우스이는 호소하는 미요를 가로막아 제지했다.

바람이 불어와 정원의 나무가 흔들리며 바스락거리는 소리를 냈다. 밝은 햇빛을 받은 우스바 가의 아름다운 초여름 풍경.

미요와 우스이 두 사람만이 그 아름다운 풍경에 녹아들지 못했다.

"나는 말이지, 새로운 세계를 만들고 싶단다. 뛰어난 자, 이능력자가 선도하는 나라를 만들고 나아가 전 세계로 넓히고 싶다."

새로운 세계라는 단어를 입속으로 따라했다.

마음에 들지 않는 것을 모조리 부수고 바닥부터 새롭게 쌓아 올린다. 지난번 꿈에서 우스이 본인이 했던 말이다.

마음에 들지 않는 것이란 우스이의 뜻대로 되지 않는 현재의 제국이나 세계 전체를 말하는 걸까.

"권력을 원하는 겁니까."

황제를 대신해 이 나라를 자신이 원하는 모습으로 바꾸고 싶다.

우스이의 주장은 어린아이가 이야기하는 장래의 꿈처럼 비현실적인 과대망상처럼 들렸다.

하지만 국가는 한 명의 인간이 가지고 놀아도 되는 장난감이 아니다.

"조금 다르지. 권력은 적절한 인간이 지녀야 한다. 그리고 우리에겐 그 적절한 힘이 있고."

땅바닥의 자갈을 손톱으로 긁으며 우스이가 고개를 좌우로 흔들었다.

"지금 상태가 이상한 거다. 우스바 가, 뛰어난 이능력자가 세간에 무시당할 이유는 조금도 없거늘. 현실은 어떻지? 아무도 진정한 강자를 모른 채 범인들이 자신들은 우수하다고 착각하고 제 것인 양 권력을 손에 쥐고 있지 않나."

"............."

"지금의 황제를 정점에 둔 국가 구조는 올바르지 않아. 계시의 이능 같은 건 네 몽견의 힘, 우스바의 이능에는 발끝에도 미치지 못하고 그들은 제 일족 외의 다른 이능력자를 지나치게 홀대한다. 그림자 속으로 몰아넣고 있어. 이능력자가 나라를 주도하고, 그 이능력자의 정점에 우스바 가의 사람이 서는 세계야말로 국가의 올바른 존재 방식이야."

그가 주장하는 이상은 그에게 좋은 것에 불과하다.

자신의 무력함을 세상이나 국가 탓으로 돌리고선 법칙을 전복하려 한다. 미요는 그가 잘못된 방향으로 노력한다는 느낌밖에 받지 못했다.

"……당신이 어머니를 구하지 못했던 걸 화풀이하는 것 같아요."

궁색하게 끄집어낸 미요의 중얼거림에 마치 뜻밖의 지적을 받았다는 듯한 표정으로 우스이가 눈을 깜빡였다.

이어서 큭큭 소리 죽여 웃었다.

"잘 알고 있구나. 역시 스미의 딸이야. 얌전한 분위기인데 딱 잘라 말하는 점이 똑같아."

땅바닥에 책상다리를 하고 앉아 턱을 괸 우스이가 말했다.

"그런 모습을 보여주면 스미 대신 네게 내가 만든 신세계를 바치고 싶어지는데."

그리고는 한층 더 짙은 미소를 지었다.

마치 당연하다는 양 '세계를 바친다'고 지껄이는 남자의 태도에 미요는 소름이 돋아서 무심코 두 손으로 위팔을 껴안고 문질렀다.

"네게는 자격이 있어. 황제를 대신해 이능력자들의 정점에 서야 하는 건 우스바 가다. 몽견의 힘은 그런 우스바 가에서도 최상급의 힘이니까. 너를 신세계의 왕으로 추대하는 건 충분히 합리적이지."

서생같은 차림의 젊은이는 어딘가 득의양양하게 이야기했다.

새삼스럽게 왜 우스바 가가 여태까지 공적인 무대에는 결코 나오지 않고 스스로를 규제하며 살아왔는지 이해한 느낌이 들었다.

눈앞의 남자 같은 야망을 품은 자를 가문 내에서 단속하기 위해서다.

"너는 내 말을 이해할 수 있을 거야. 십수 년 동안 부당하게 학대당했던 네가 한 번도 부조리함을 느끼지 않았을 리 없지."

퍼뜩 정신을 차렸다.

본가에 있을 때 부당하다고, 어째서냐고 느낀 적은 수도 없이 많았다.

자신에게 몽견의 이능이 있다는 걸 알았을 때 더 일찍 각성했다면 좋았을 거라고, 무엇을 위해 오랫동안 괴로운 생활을 해야 했냐며 분노하기도 했다.

'하지만 아니야.'

사이모리 가의 가족이 어리석으니까 그들을 지배해야 한다니, 그런 건 바라지 않는다. 원해본 적도 없다.

사이모리 가의 가족에 비해 미요가 얼마나 뛰어나다고 할 수 있을까?

그들처럼 누군가를 상처 주지 않고 조금의 부당함도 만들지 않는다고, 어떻게 그런 자신감을 가질 수 있을까.

자신이 나라를 이끌어갈 수 있는 뛰어난 인간이라고 믿고 국민들에게 강요한다는 건 너무나도 분수를 모르는 짓이다.

"이해할 수 없습니다. 저는 그런 권력 같은 건 필요 없습니다."

"정말로?"

"네?"

별안간 우스이의 목소리가 날카로워졌다. 그 모습은 마치 먹이를 노리는 맹수와도 같았다.

"정말로 그렇게 해서 소중한 것을 지킬 수 있겠나?"

"………."

"너는 아직 자신이 상처받기만 하는 건 괜찮다고 생각하는 거겠지. 네 세계가 좁으니까. 하지만 언젠가는 깨닫게 될 거다. 소중한 사람이 상처받고 괴로워하면, 자신에게 더 힘이 있었다면 이렇게 되진 않았을 거라고 간절히 바라게 되지."

사랑하는 누군가가 상처받았을 때. 그럼에도 결코 힘을 원하지 않는다고 말할 수 있을까.

눈앞에 있는, 가장 사랑하는 여성을 잃은 남자의 눈동자가 웅변했다.

미요의 마음에 한 점의 검은 얼룩이 배어들었다. 정말로? 또 한 명의 자신이 그렇게 속삭이는 느낌이 들었다.

흔들려선 안 된다. 우스이의 방식이 올바를 리 없다.

"……저는 뭐든 원하는 대로 이뤄지는 세계 같은 건 필요 없습니다."

쥐어 짜낸 목소리는 한심할 정도로 떨렸다.

이래서는 우스이의 주장에 저항하지 못하는 게 일목요연했다.

"나는 이뤄낼 거다. 그러면 너를 세계의 왕으로 만들어 줄 수 있을 테지만, 분명 너는 또 거절하겠지."

의외로 우스이는 날카로운 말투가 거두고는 놀랄 만큼 선뜻 물러났다.

물론 완전히 안심할 수는 없지만, 미요는 일단 가슴을 쓸어내리며 강하게 고개를 끄덕였다.

"네. 거절합니다."

"좋다. 하지만 그런 걸로 나는 포기하지 않아."

앉아있던 우스이가 일어나자 선명한 녹음에 둘러싸인 아름다운 풍경이 살짝 흔들린 것처럼 보였다.

"네가 태어나기도 전에, 벌써 20년 넘게 내가 걸어온 길은 누구도 방해할 수 없다. 너도, 아무도."

지독히 확신에 찬, 유쾌해 보이는 표정이었다.

불안과 공포가 사라지지 않아 미요의 심장은 계속 경종을 쳤다.

"저는 협력하지 않을 겁니다."

한마디 한마디에 신경을 곤두세우며 재차 자신과 우스이를 타일렀다.

조금이라도 빈틈을 보이면 바로 끌려가버릴 것만 같았다.

'……침착하자. 괜찮아.'

눈도 깜빡이지 못한 채 스스로를 설득했다.

꿈에서 깰 때까지 거듭 부정하며 버티면 된다.

하지만 어째서인지 불길한 예감은 사라지지 않았다. 창문에 번진 그을음처럼 깨끗하게 닦아낼 수 없는 무언가가 계속 남아있다.

"아니. 너는 반드시 이쪽에 올 거야. 방식은 많이 있거든. 특히 권력을 손에 넣은 지금의 나라면."

우스이의 목소리는 등골을 타고 오르는 오한을 견디는

미요를 비웃는 것처럼 들렸다.

"뭘 할 생각인 거죠?"

심장이 한층 더 크고 빠르게 뛰었다. 등을 보이면 덮쳐들 것 같은 야생동물과 대치한 기분에 가까웠다.

이마에 식은땀이 맺혔다. 또 한 걸음 뒤로 물러났다.

"널 손에 넣는다면 단단히 보호받는 너를 노리는 것보다 더 좋은 방법이 있을 뿐이야."

그늘에서 양지로 발을 내디딘 우스이는 그 기이함을 숨기려고도 하지 않은 채 정성스럽게 유열과 타인의 비애를 맛보는 양 황홀한 얼굴로 느릿느릿 고했다.

"――쿠도 키요카에게 손을 쓰는 거지."

아아. 절망과 납득이 동시에 치밀었다.

'낭군님은 내 전부니까…….'

전신에서 힘이 빠져 풀썩 주저앉을 것 같았다.

키요카가 있기에 자신감을 가질 수 있었다. 키요카가 있기에 따뜻하고 평온한 인생을 바랄 수 있었다.

키요카가 사라지면 미요의 행복은 없다. 키요카가 사라지면…… 이미 그다음을 상상하는 게 몹시도 어렵다.

"나, 낭군님은."

제대로 숨을 쉴 수 없어서 헐떡이듯 그 말만을 뱉은 미요를 보며 우스이가 조소했다.

"강하니까 괜찮다고? 하하하. 괜찮을 리가."

어느새 우스이는 움직이지 못하게 된 미요의 코앞으로 다가와 있었다.

"그는 군인이고 공무원이다. 거역하지 못하는 게 있지. 너나 다른 인간을 지키기 위해서도."

"무슨 짓을, 하려는 거죠."

키요카가 질 리 없다고 믿고 싶다.

그런데도 자꾸만 가슴이 술렁거린다. 조금도 동요하지 않는, 자신 넘치는 우스이의 태도가 불안을 강하게 부추겼다.

"……그걸 말하는 건 재미없을 것 같구나. 슬슬 꿈에서 깰 시간이야."

등을 돌린 우스이를 향해 미요는 두려움조차 잊고 그를 붙잡고자 손을 뻗었다.

"기다려주세요. 무슨, 낭군님께 무슨 짓을."

꿈에서 깨지 말라고 마음속으로 갈망했다.

우스이를 계속 이 꿈속에 가둬둔다면 아무에게도 상처 줄 수 없다.

지금만이어도 괜찮다. 아라타가 말했던 것처럼 마음의 힘으로 이능이 강해진다면, 지금만이라도. 제발.

자신은 어떻게 되든 상관없으니 우스이를 꿈속에 가두

고 절대로 내보내지 말기를.

하지만 너무 늦었다.

이미 주변 풍경이 아지랑이처럼 흔들리고, 흐려지며, 색이 바래기 시작했다.

"스스로 생각해 보도록 해. 뭐, 절대로 막을 수 없지만. 쿠도 키요카를 해결하면 너는 반드시 이쪽에 오게 될 거다."

돌아본 우스이가 마지막에 남긴 말은 불길함을 품고 있었다.

미요는 무의식중에 가슴을 누르며 입술을 깨물었다.

'낭군님은 지지 않아. 그리고 나도 그쪽엔 가지 않아.'

우스이가 키요카를 노린다는 걸 알면 분명 어떻게든 할 방법도 찾을 수 있다. 이능심교에게, 우스이에게 굴복하지 않을 수 있는 방법이 무언가 하나는 있을 터이다.

"……낭군님께 전해야 해."

자신을 다독였다. 이런 곳에서 비관하며 절망에 빠져있을 수는 없다.

우스이의 뒷모습이 완전히 사라지는 것과 동시에 평화로웠던 우스바 가의 과거 풍경이 덧없이 부서지면서 흔적도 없이 스러졌다.

목에 통증을 느끼며 눈을 떴다.

타카이히토의 궁전에서 받은 방 안, 반들반들하게 닦인 값비싼 나무 책상에는 여러 권의 책이 펼쳐진 채 방치되어 있었다.

하즈키에게서 빌린 교본을 읽으면서 복습하는 사이에 잠들어버렸다.

얼마나 잠들어 있었을까.

겨울의 냉기로 싸늘해진 목구멍이 통증을 호소했다.

"꿈……. 안 돼. 낭군님께 빨리 말씀드려야지."

졸린 머리가 순식간에 맑아지며 미요는 곧바로 일어났다.

우스이가 노리는 건 미요가 아니라 키요카다. 아니, 미요를 노리기 때문에 키요카를 배제할 생각이라는 게 정확할까.

장지문을 열자 아직 해가 저물기에는 이른 시각인데도 하늘이 회색 구름에 뒤덮여 주변이 어둑해지고 있었다.

타카이히토의 예지로는 눈이 쌓였을 때가 고비였을 터. 눈이 내리기 시작해서 쌓일 때까지는 아직 유예가 있을 테지만 서둘러야 한다.

꿈에서 들은 우스이의 꿍꿍이와 이 악천후. 위기는 아마도 바로 코앞까지 다가와 있다.

"미요?"

부르는 목소리에 돌아보자 그곳에는 의아한 표정을 지은 하즈키와 유리에가 서 있었다.

"마침 잘 되었습니다. 지금부터 미요 님을 깨워드리려던 참이었거든요."

"……무슨 일이야? 그렇게 조급한 얼굴로."

"날씨가."

순간적으로 대답하자 하즈키는 이해했다는 듯 고개를 끄덕였다.

"그래. 하지만 괜찮아. 타카이히토 님께서 이미 움직이기 시작했으니까."

아니라고, 그게 아니라고 설명하고 싶었으나 지금은 그 시간조차 아깝다.

심지어 지금 미요는 호위 없이는 밖에 나갈 수 없다.

서둘러 고개를 돌려 호위인 아라타의 모습을 찾았지만 보이는 범위에는 없었다.

"언니. 아라타 씨는 어디죠?"

"어? 아, 잠시 자리를 비운다고 하고 나갔는데…… 음, 대충 5분 정도 전이었나. 아직 안 돌아온 것 같아. 이 비상시에 조심성 없긴."

"그렇, 군요……."

초조함만이 자꾸만 커졌다.

'어떻게 해야 하지.'

아무리 급한 용건이라고 해도 무턱대고 혼자 나가는 건 너무나 어리석은 짓이다.

아라타가 없을 때는 다른 사람이 호위를 대신해주기로 되어있으나, 현재 호위를 교대한 기색은 없다. 당연히 당장은 상황을 지켜본다는 낙관적인 선택도 할 수 없다.

한시라도 빨리 대이특무소대 진영에 가서 키요카를 만나야만 하는데.

"미요, 정말로 왜 그래?"

"낭군님께 꼭 드려야 하는 이야기가 있어요."

조급해하는 미요의 필사적인 모습에 하즈키의 얼굴이 딱딱해졌다.

"키요카를 만나러 가고 싶은 거지? 하지만 호위가 없으면 갈 수 없어."

아라타는 아직도 돌아오지 않은 걸까.

그토록 미요를 지킨다고 했으면서. 왜 하필 이럴 때.

"수비를 강화하기 위해 키요카도 곧 이쪽에 올 테지만…… 잠시만, 연락용 식신을 날려서 서두르라고 할게."

하즈키는 복도를 걸어가 자신이 받은 방으로 들어가더니 작은 핸드백을 들고 돌아왔다.

그 핸드백 안에서 작고 하얀 종이를 꺼내 밖으로 날렸다.

"빨리 전해지면 좋겠는데. ──유리에."

"네."

"궁인 중 누군가에게 부탁해서 이능력자가 아니어도 괜찮으니까 호위할 수 있을 법한 사람을 불러줘."

"알겠습니다."

하즈키의 지시에 유리에가 즉각 몸을 돌렸다.

그리고 하즈키 본인도 심각한 표정으로 미요를 돌아보았다.

"시간이 아까운 거지?"

"네."

하즈키가 날린 식신이 키요카가 있는 곳에 도착해서 그들이 여기에 올 때까지 얼마나 걸릴까.

만약 그사이에, 아니, 여기에 오는 동안 우스이의 책략이 발동해버린다면. 그냥 기다리기만 할 수는 없었다.

미요는 하즈키의 질문에 주저하면서도 고개를 끄덕였다.

"알았어. 우리 쪽에서 직접 키요카가 있는 곳에 갈 수는 없어도, 우선 이 궁전에 있는 위병 중 누군가와 함께 현관에서 기다리자."

"네. 그렇게 하겠습니다."

미요가 혼자 몸을 돌리려고 하자 그 손을 하즈키가 붙잡았다.

"기다려, 미요. 나도 가겠어."

"아니에요, 언니는 방에 계세요."

결계 밖으로 나가지 않는다고 하나 무슨 일이 일어날지도 모르는데 하즈키까지 끌어들일 순 없다.

발목을 잡는다는 건 아니지만, 혹시라도 하즈키가 인질로 잡힌다면 미요가 붙잡히는 거나 마찬가지다.

하지만 하즈키의 결의는 굳건했다.

"됐어. 무슨 일이 일어나면 나도 시간 정도는 벌 수 있겠지. 그보다 입씨름하는 시간이 아까워."

"……네."

조급해지는 마음을 어떻게든 억누르며 동의했다.

가능하다면 결계 밖으로 나가서라도 키요카에게 달려가고 싶다. 하지만 미요는 약하다. 결계 밖으로 나갔다가 문제가 일어나면 지금까지 노력했던 게 전부 수포로 돌아간다.

하즈키가 식신으로 키요카를 불러낸 이상 기다리는 게 최선이다.

두 사람이 현관으로 서둘러 가는 도중 마주친 위병을

불렀다. 유리에에게도 부탁하긴 했으나 호위는 몇 명이 있어도 부족할 정도니까.

하지만 여기서 예상치 못한 사태가 일어났다.

“네? 어째서.”

“그러니까 타카이히토 전하 본인이시거나, 혹은 시종장이나 궁내대신의 허가가 없으면 호위할 수 없습니다.”

위병은 무표정한 얼굴로 그렇게 대답할 뿐, 미요나 하즈키의 부탁을 들으려 하지 않았다.

“거절합니다.”

“의뢰하시려면 영장을 지참해주십시오.”

“우선 시종장에게 말씀을 드린 뒤에…….”

개중에는 면목 없다는 듯한 표정을 짓는 사람도 있었지만, 말을 건 위병 전원이 호위를 거부했다.

‘이상해.’

아무리 미요라고 해도 의심이 들었다.

미요와 하즈키는 타카이히토의 명령으로 여기에 머무르고 있다. 물론 이 궁전에 배치된 위병들도 그녀들을 지키라는 명령을 받았을 터이다. 본인이 맡은 장소에서 이탈할 수 없기 때문일지도 모르지만, 누구 한 명 협력하려 하지 않는다는 건 부자연스러웠다.

“어떻게 된 거지? 궁내청은 꽉 막힌 사람만 고용하는

거야?"

하즈키는 눈에 쌍심지를 켜고 화를 냈다.

시종장이나 궁내대신이 어디 있는지는 몰라도 타카이히토는 본인의 궁전에 있다. 연결복도를 써서 직접 면회하러 갈 수도 있지만, 그도 바쁜 몸인데다 비상사태를 코앞에 두고 있는 지금 바로 만날 수 있을 리 없었다.

"하지만 이대로라면 아마 유리에도 거절당했겠네요."

위병이 안 된다면 지나가던 궁인에게 호위할 수 있는 사람을 불러 달라고 부탁해보았으나 이쪽도 같은 반응이었다.

이곳에 머무르기 시작한 지 열흘 남짓, 일상생활에 관련된 부분이라면 궁인들도 흔쾌히 받아들여 주었기 때문에 눈치채지 못했다.

아라타와 대이특무소대가 아닌 다른 사람들은 미요를 지키기 위해선 움직여주지 않는다.

"어쩌지……."

"별수 없지. 우리끼리 현관에 가 있자. 결계에서 나가지 않는다면 문제없을 테고, 얼마 지나지 않아 키요카도 올 테니까."

"네."

역시 어디에도 아라타의 모습은 없었다. 전속 호위가

없는 상황이지만 어쩔 수 없다.

조리를 신고 하즈키와 함께 현관 문지방을 건너 현관 앞으로 나왔다.

이능심교를 막기 위해

펼친 결계의 효력은 타카이히토가 사는 건물과 미요 일행이 머무르는 별관 두 곳, 그리고 그 주변의 정원까지다. 이 이상 밖으로 나가진 못했다.

"아직 안 왔나보네."

현관 앞에서 쭉 이어진 자갈길에 키요카나 대이특무소대의 모습은 보이지 않았다.

그나저나 호위도 그렇고 순조롭게 풀리지 않는 일이 많아서 괜히 더 불안이 커졌다.

"작위적인 느낌이 나."

미요도 하즈키의 의견에 동의했다.

단순한 심술이라면 그나마 낫지만, 이능심교가 배후에 있는 건 아닌지 의심스러워서 무서워졌다.

"못난 동생 같으니. 게다가 마사시 씨도 정말 허술하다니까. 호위 건은 나중에 반드시 항의하겠어!"

짜증을 내며 투덜거리는 하즈키 옆에서 미요는 이제나 저제나 키요카가 나타나길 기다렸다.

하지만 기다린 끝에 찾아온 사람은 대이특무소대의 누

군가도, 키요카도, 아라타도 아니었다.

"어……?"

"저건 누구지?"

길 저편에서 느릿한 발걸음으로 이쪽을 향해 다가오는 한 남자.

적당히 질 좋은 정장을 입었으며, 이렇다 한 특징 없이 평범한 얼굴인 그 남자를 미요는 본 적이 있었다.

"……저 사람은 문부대신 각하의 비서관님이에요."

"저게 그? 하지만 왜 비서가 혼자 이런 곳에 왔대?"

하즈키의 의문은 타당했지만 미요도 짐작 가는 게 없었다.

잠시 후 비서관은 결계 앞까지 오더니 선뜻 경계를 넘었다.

"결계를 넘었다면 저 남자는 우스이 나오시의 변장은 아닐 테지만…… 이 비상시에 정말 무슨 용건이래?"

반듯한 눈썹을 찡그린 하즈키가 의심스럽다는 듯 비서관을 노려보았다.

결계는 우스이라면 막을 수 있지만 당연히 정부 관계자에겐 통하지 않는다. 그렇지 않다면 업무에 지장이 생기니 어쩔 수 없었다.

그래서 문제가 발생했을 때를 위해 궁내청 소속 위병을

배치했고 미요 일행의 전속 호위로 아라타가 붙었지만, 양쪽 다 지금은 기능하지 않는 상태.

경계하는 두 사람 앞을 비서관이 다소 불쾌한 표정으로 가로막고 섰다.

"사이모리 미요 씨. 오랜만입니다."

"네? 네."

가벼운 어조로 건네는 인사에 당황했다.

그와는 한 번 만난 게 전부다. 친해진 기억도 없고, 친근하게 대화를 나눌 법한 관계도 아니다.

갑자기 우호적인 인사를 받아봤자 반응하기 곤란하고, 이해할 수 없어서 부자연스럽고 껄끄러웠다.

미요와 하즈키의 경계하는 시선을 알아차린 건지 모르는 건지, 비서관은 전혀 동요하는 기색 없이 말을 이었다.

"혹시 어디로 나가려던 참이었습니까?"

"아뇨…… 아닙니다."

움츠러든 미요 앞에 하즈키가 늠름한 표정으로 나섰다.

"실례지만 무슨 용건으로 오셨는지?"

비서관은 기가 막힌다는 듯 웃으며 어깨를 으쓱했다.

"일하러 온 거라고 대답하면 되는 겁니까? 저는 문부대신 비서입니다. 당신 같은 일반시민이 제 앞을 가로막을 이유는 없지 않습니까?"

"그래, 그렇지. 하지만 지금 이곳은 타카이히토 님의 명령으로 계엄 태세에 들어가는 중이야. 일이라고는 하나 마음대로 드나드는 건 곤란하거든. 애초에 이 건물은 타카이히토 님의 사저. 궁내청이나 내대신부의 직원이라면 모를까, 문부청 사람이 여기에 볼일이 있을 것 같진 않은데."

하즈키가 남자에게, 그것도 대신 비서라는 지위를 가진 사람에게 조금도 양보하지 않고 맞서는 바람에 미요는 조마조마해 하며 주 사람의 얼굴을 번갈아 쳐다보았다.

"하아. 정말 시끄럽네……."

비서관은 여전히 웃는 얼굴로 작게 중얼거렸다.

표정과 말투가 하도 제각각이라 귀를 의심했다. 하지만 동시에 떠올렸다.

처음 이 남자를 만났을 때, 아주 잠깐이긴 했지만 자신을 노려보았다고 느꼈던 것을.

"언니."

불길한 예감이 스친 미요는 하즈키의 이름을 부르며 팔을 잡고 말리려고 했으나 늦어버렸다.

"당신은 지난번에도 한 번 여기서 소란을 일으켰었지. 지금은 그때보다 훨씬 경계 단계가 올라갔어. 그걸 이해하긴 했어?"

"당연히 이해하고 있죠."

천연덕스럽게, 그게 뭐가 문제라는 양 뻔뻔한 태도. 비서관의 대답은 참으로 무책임했다.

더불어 대답과 행동이 뒤죽박죽이라 바로 이해할 수 없었다.

"뭐?"

"그러니까, 지금 상황이 어떻다는 건 설명하지 않아도 익히 잘 압니다."

위협하듯이 가죽구두로 바닥을 쿵쿵 밟으며 성큼성큼 접근하는 남자에게 반응하는 게 늦어졌다. 비서관이 하즈키를 밀치고 미요에게 다가왔다.

이어서 그 가느다란 손목을 세게 잡고 끌어당겼다.

"시, 싫어……!"

뿌리치려고 해도 남자의 힘은 뼈까지 얼얼할 만큼 강해서 꼼짝도 하지 않았다.

"당신 갑자기 뭐 하는 거야! 놔── 꺄악!"

하즈키가 안색이 변해서 미요와 남자 사이에 끼어들려고 했다가 힘껏 밀쳐졌다.

힘 조절을 안 한 건지 하즈키의 몸이 자갈 바닥에 세게 부딪친 것처럼 보였다.

"언니!"

"방해하지 마. 성가신 연기는 끝이다. 나는 이 사이모리 미요에게 볼일이 있다고."

존댓말이 사라진 남자의 분위기는 대신의 비서관이라고 하기 어려울 만큼 사납고 거칠게 바뀌어 있었다.

미요는 가까이서 올려다본 그의 눈동자에 시선이 못 박혔다.

"그, 눈은."

붉다. 선혈처럼 진홍색으로 날카롭게 빛나는 눈동자였다.

키요카에게서 들은 적이 있다.

이능심교가 인공적으로 만들어낸 후천적 이능력자는 눈동자가 빨간색이라고.

물론 선천적으로 눈이 빨간 사람도 있다. 하지만 남자의 눈동자는 조금 전까지는 확실하게 평범한 고동색이었다. 그게 갑자기 바뀌었다.

"참 편리하다니까요. 이능이란. 뭐, 이능을 믿지 않는 대신 밑에서 일하는 건 조금 지긋지긋했지만. 그래도 조사의 부탁이었으니."

남자는 몹시 즐거워 보였다.

'조사라니.'

이능심교가 우스이 나오시를 부르는 호칭이다. 의심할

여지가 없었다.

피부 표면에 쫘악 소름이 돋았다.

시선을 아래로 내리자 믿어지지 않는 것이 보였다.

'뭐야……. 저건, 이형?'

미요는 붙잡히지 않은 쪽 손으로 입을 누르고 숨을 삼켰다.

하얀 자갈이 깔려있었던 땅바닥은 온통 검은색으로 변모했다. 아니, 검은 이형들이 지상을 가득 뒤덮을 기세로 꿈틀거리고 있었다.

모습은 벌레, 쥐, 새── 정초에 우연히 봤던 것과 마찬가지로 여러 짐승의 특징을 갖춘 것 등 다양했다.

눈치채지 못한 사이에 미요와 하즈키는 그 이형들에게 포위되어 있었다.

"장관이구나. 역시 숫자가 많으면 박력이 다르지. 이 녀석들더러 이 황태자 궁전을 덮치게 하면 대체 어떻게 될까."

설렌다는 분위기로 말하는 남자. 그를 하즈키가 창백한 안색으로, 하지만 의연하게 노려보았다.

"당신 이능심교구나……! 이런 짓을 하면 어떻게 될지 아는 거야? 게다가 언제까지 미요를 잡고 있을 건데!"

하즈키는 과감하게 일어나 다시 남자에게 잡힌 미요의

손을 해방하기 위해 달려들었다.

하지만 그녀의 호리호리한 몸으로는 도저히 상대가 되지 않아, 남자는 마치 날벌레라도 치우듯 가볍게 튕겨냈다.

"시끄럽기는. 당신에겐 볼일 없어."

"안 돼, 언니에게 폭력을 쓰지 마……!"

하즈키는 자신이 시간은 벌 수 있다고 했으나 정말로 그런 짓을 하게 둘 수는 없다.

그녀가 다치면서 미요를 구할 바에야 이형들이, 타카이히토의 궁전을 공격할 바에야…… 차라리 이능심교가 시키는 대로 하는 게 낫다.

문득 미요는 새해 참배 때 키요카에게서 받은 세 개의 식신을 떠올렸다.

'제발, 이거라도.'

한 손으로 품속에 넣어두었던 식신에 미리 각인되어있는 술식을 기동시켰다.

작은 종잇조각은 무사히 발동하여 새의 형상으로 남자에게 달려들었다.

"쯧. 쓸데없는 짓을!"

남자는 한 손을 휘둘러 식신을 쫓으려고 했지만, 식신들도 집요하게 남자의 얼굴을 노리며 몸통 박치기를 거듭

했다.

"잔챙이들이 방해하지 말라고."

남자의 짜증 섞인 목소리와 함께 이형 중 하나가 미요 근처로 다가오더니 발톱으로 식신을 찢어버렸다.

"아, 안돼……."

세 개의 식신들은 무참한 종이 파편이 되어 추락했다.

키요카가 만든 식신도 인간에게는 통하지만 이형, 그것도 이능이나 주술이 잘 듣지 않는 특수한 이형들 앞에서는 무력했다.

이로써 미요의 대항 수단은 모조리 사라졌다.

"아쉽게 됐구나."

남자가 주먹을 쥐더니 엉덩방아를 찧은 상태인 하즈키를 향해 치켜들었다.

"안 돼!"

절대로 다치게 할 순 없다.

미요는 자신의 모든 체중을 실어 바닥으로 쓰러지면서 남자의 몸을 끌어당겼다. 비서관은 미요의 손목을 세게 잡고 있었기 때문에 그대로 균형이 무너져 휘청거렸다.

"이게!"

흥분한 비서관이 손을 허공으로 뻗자 무수한 이형의 눈이 일제히 이쪽을 향했다.

남자가 이형을 조종하고 본인도 이능을 사용하려 한다는 게 훤히 보였다. 미요는 바닥으로 쓰러지면서 하즈키를 지키기 위해 그녀의 몸을 덮었다.

"미요!"

다급한 하즈키의 항의는 무시했다.

비장의 패였던 식신은 이제 없다.

단순히 피하는 것도, 하즈키가 결계를 치는 것도 늦을 것 같다. 미요도 하즈키도 공격할 수단이 없으니 남은 건 이대로 버틸 수밖에 없다.

눈꺼풀을 힘껏 감고 이를 악물었다.

——하지만 예상했던 충격은 오지 않았다.

냉기를 녹이는 열이 순간적으로 허공을 달렸다.

이형들의 격렬한 단말마와 그 소리에 섞여 남자가 '큭' 하고 짧게 신음하는 게 들렸다.

쭈뼛쭈뼛 눈꺼풀을 들자 미요와 하즈키를 에워쌌던 이형의 수가 조금 줄어들었고 정장을 입은 비서관의 몸이 꼴사납게 바닥을 구르고 있었다.

전광석화와도 같은 신속한 변화에 어안이 벙벙해졌다.

"미요. 괜찮아?"

"낭군, 님?"

눈앞에 연갈색의 긴 머리카락이 어깻죽지에서 스르륵

흘러내렸다. 점점 상황을 파악하자 콧속이 확 매웠다.

와 주었다. 키요카가 와서 지켜주었다.

그리고 미요도 늦지 않았다.

"낭군님……!"

이젠 끝이라고 생각했다. 이대로 그에게 위기를 전하지도 못한 채로 자신도 여기에서 끝일지도 모른다고 각오했다.

하지만 무사했다. 키요카도, 자신도. 아직.

"느, 늦었잖아……!"

상반신을 일으킨 하즈키가 울먹이는 목소리로 항의했다.

미요도 하즈키도 다친 곳은 없다. 또 키요카도 상처 하나 없는 모습으로 바닥에 쓰러진 비서관을 내려다보고 있었다.

다시금 주변을 둘러보자 대이특무소대의 대원과 타츠이시 카즈시가 어마어마한 이형을 상대로 열심히 싸우고 있었다. ……아마도. 미요는 정확하게 알진 못했다.

'이형이 점점 사라지고 있어.'

중추는 아무래도 타츠이시 카즈시인 모양이었다.

카즈시는 나비 날개같이 화사한 하오리를 마치 춤이라도 추는 것처럼 휘날리고 있었다. 그리고 그가 들고 있는 부채로 가리킨 방향에 있는 이형이 미요의 시야에서 사라졌다.

"어이, 타츠이시! 결계 더 빨리 못 풀어?"

"무모한 소리 하지 말아줄래? 나도 필사적으로 하고 있거든!"

고도가 소리치자 타츠이시도 평소의 여유로운 태도는 어디로 간 건지 큰 목소리로 대꾸했다.

카즈시가 무언가를 해서 이형이 사라진 것으로 보이는 장소에 고도를 비롯한 대이특무소대의 대원들이 불꽃, 물, 바람, 염동력 등 이능을 날렸다.

그러자 미요의 귀에도 어렴풋하게 이형의 단말마가 들렸다.

'원리는 잘 모르겠지만.'

전황은 일방적인 것 같다. 당연히 우세한 건 대이특무소대 쪽으로, 아무래도 셀 수 없이 많던 이형을 압도하고, 일소하고, 유린하고 있는 모양이다.

미요는 시선을 바로 옆으로 되돌렸다.

"아야야, 나 참. 힘껏 집어던지다니."

비서관이 불평하면서 일어났다. 하지만 그 민첩한 움직임은 도저히 비전투원인 문관의 것이 아니었다.

하지만 미요카의 반응도 빨랐다.

비서관이 일어나자마자 키요카는 검집에서 사벨을 휙 발도했다. 비서관은 경묘한 발놀림으로 그 공격을 피하더니 손바닥에서 얼음덩어리를 만들어 발사했다.

키요카는 얼음탄을 가볍게 피하고 일부는 검집으로 쳐내며 비서관에게 접근했다.

거기까지 고작 3초도 걸리지 않았다.

'어, 라……?'

정말 순식간에 일어난 일이었지만.

이능심교의 신도인 비서관의 입가에 자신만만한 미소가 떠올랐다가 사라진 느낌이 들었다.

키요카는 날카로운 안광으로 남자를 응시하며 육박했다. 사벨의 칼자루 끝으로 남자의 턱을 강하게 찌른 뒤 다리를 걸었다.

바닥으로 엎어진 남자의 등에 무릎을 올리고 팔을 비틀어 제압했다.

"젠장, 쿠도 키요카……!"

"저항하지 마라. 네놈이 이능력자로서 국가에 등록되어 있지 않았을 경우 이능심교에 가담한 용의자가 된다."

키요카가 담담하게 선고하자 혀를 한 번 찬 비서관은 말없이 수갑을 차고 구속되어 완전히 자유를 잃었다.

하지만 그 붉게 물든 눈동자는 증오에 찬 듯 이쪽을 올려다보고 있고 입술도 일그러져있다.

"흥, 용의자라고 할 필요 없이 나는 이능심교의 일원이 맞아. 애초에 조사의 명령으로 대신 비서로 잠입했을 뿐인 평범한 서민이니까."

"즉 문부대신도 너희와 내통했다는 거군."

키요카가 의심스러워하며 묻자 남자는 코웃음 쳤다.

"그래, 물론이지. 문부대신 각하도 조사와 손을 잡은 협력자고, 그 외에도 몇 명 정부에 이능심교의 신도나 협력자가 섞여 있다."

"그러고 보면 문부대신의 관계자가 체신청에 근무하고 있었지."

"그 녀석이 조사의 지시를 받아 너희의 정보통제라는 걸 풀어준 거다. 간단한 내막이지."

붙잡히자 체념한 걸까. 남자는 순순히 실상을 자백했다.

아니면 정보를 제공하는 대신 죄를 줄여달라고 할 꿍꿍인 걸까. 어쨌거나 진실을 알아서 나쁠 일은 아니다.

남자에게서 한차례 정보를 들은 키요카는 부하 한 명을 불러 몇 가지 지시를 내렸다.

고도와 카즈시를 비롯한 다른 대원들은 아직도 전투하고 있다.

그래도 당장 급한 위협은 사라졌기 때문에 미요는 하즈

키와 함께 안도의 숨을 쉰 후 누가 먼저랄 것 없이 일어났다.

"두 사람 다, 무사해?"

비서관을 일별한 뒤 돌아본 키요카에게 미요와 하즈키가 나란히 고개를 끄덕였다.

"그래, 어찌어찌."

"저도 괜찮습니다."

"……이번에야말로 늦지 않은 모양이군."

얼마 전, 마찬가지로 비서관과 마주쳤을 때 늦게 온 것을 신경 쓰고 있었던 모양이다.

하지만 안도도 잠시.

미요는 키요카를 불러내고 호위를 기다리지 못하고 현관에 나와 있었던 목적을 떠올렸다.

그걸 말하지 않으면 모처럼 위험을 저지르면서까지 나와있던 의미가 없다.

"낭군님."

"왜? 아니, 애초에 급한 이야기가 있다고 했는데 뭐지? 설마 이 대신 비서관의 습격을 내다보고 연락한 건 아닐테고."

키요카의 이야기로는, 아무래도 전위에서 회의를 마치고 해산하려던 차에 하즈키의 연락을 받았다고 했다. 그

직후 비서관이 데려온 이형 무리의 기척을 감지하여 부하들과 함께 달려왔다고 했다.

시기가 좋았던 건지 나빴던 건지.

의아해하는 약혼자를 보며 움츠러들 것 같은 마음을 다독였다.

"저기, 꼭 말씀드려야만 하는 게 있는데요."

미요는 꿈속에서 우스이와 대화한 내용을 상세하게 이야기했다.

보통은 꿈에서 봤다고 해도 웃어넘길 게 뻔하지만, 키요카는 몽견의 힘을 지닌 미요가 꾸는 꿈의 의미를 잘 이해하고 있었다.

"——그렇군. 우스이가 나를."

미요를 손에 넣으려고 하는 우스이가 다음으로 노리는 대상은 키요카.

이 보고에 놀란 건 하즈키 뿐이고, 막상 키요카 본인은 조금도 동요하지 않았다.

"언젠가 그렇게 될지도 모른다는 예상은 했다. 내가 없는 게 녀석들에게도 유리하니까. 다만 나를 처리하기 위한 우스이의 수단이 이것…… 이라기에는, 너무 조잡한데."

키요카는 '이것'이라고 할 때 구속된 채 바닥을 구르고 있는 비서관을 날카롭게 쳐다봤다.

"죄송해요. 이능심교가 어떤 방법을 쓸 생각인지는 캐내지 못했습니다."

미요의 생각에도 그렇게 자신이 넘치던 우스이의 계획이 이게 전부일 것 같지 않았다.

만약 아라타 같은 화술을 지녔다면 조금 더 쓸만한 정보를 얻어낼 수 있었을 텐데.

자신의 미숙함이 원통했다.

"괜찮아. 이게 전부면 전부인 대로 다행이고, 아니어도 어차피 그쪽은 내가 대응하지 못할 만큼 치밀한 책략을 짰을 테니까."

"저기, 잠깐 괜찮아?"

이야기가 일단락되자 하즈키가 불쑥 끼어들었다.

"그러고 보면 결국 아라타는 어디에 간 거야? 모습이 전혀 안 보이는데."

시언니의 의문에 미요는 우뚝 움직임을 멈췄고 키요카는 눈썹을 찡그렸다.

아라타는 끝내 오지 않았다.

유리에가 호위를 부르러 갔고 미요와 하즈키도 그렇게 위병에게 호위를 의뢰하고 다녔으니 궁전 안에 있다면 소란을 눈치챘을 것이다. 그렇다면 그가 달려오지 않을 리 없다.

심지어 아직도 대이특무소대 대원들이 이형을 상대로 분투하고 있을 만큼 소란이 커졌다. 이걸 눈치채지 못했을 리 없으며 눈치챘다면 반드시 올 것이다.

애초에 지금은 타카이히토의 명령으로 한층 경계를 강화하던 도중이었다.

아라타가 나타나지 않는 건 아무리 생각해도 부자연스러웠다.

키요카가 턱을 쓰다듬으며 날카로운 표정을 지었다.

"이상하군. 우스바에겐 이쪽에선 아무것도 부탁하지 않았고, 지금 그 남자에게 호위보다 중요한 용건이 있을 것 같지 않은데."

세 사람은 저마다 오묘한 표정으로 서로를 쳐다보았다.

그렇다면 아라타는 대체 어디에 간 걸까.

의문에 대답할 수 있는 사람은 한 명도 없었다. 침묵 속에서 드문드문 작고 하얀 꽃잎이 내리기 시작했다.

✿ ✿ ✿

"드디어 우리의 시대가 온다니. 가슴이 설레는군."

한 손에는 위스키잔을, 입에는 궐련을 물고 연기를 흘리는 문부대신. 우스이 나오시는 진심으로 기가 막혀서

멸시하는 기분으로 그를 쳐다보았다.

군 본부는 비밀리에 이능심교의 손에 떨어졌다.

말단 병사는 당연히 모르는 일이지만, 참모본부의 간부들은 우스이에게 찬동하지 않았던 자들부터 순서대로 감옥에 집어넣었다.

또 우스이에게 협력하기로 한 장교들은 군대가 정상적으로 돌아간다고 위장해야 하므로, 수감된 자들의 구멍을 메우기 위해 일에 매진하고 있다.

이건 전부 우스이의 지시로 이능심교가 손을 쓴── 악행이었다.

하지만 이것을 악행이라고 단정할 수 있는 건 지금뿐이다.

말 그대로 성즉군왕 패즉역적(成則君王 敗則逆賊). 어떤 악행을 저지른다고 해도 우스이가 이기기만 한다면 선행으로 뒤바뀐다. 승리한 자가 내세우는 주장이 정의가 되는 건 흔히 있는 일이다.

군사력은 손에 넣었다. 민심도 기울어지고 있으며 황제의 권위도 이쪽의 것.

다음으로 국가라는 그릇을 고스란히 빼앗아 오면 우스이의 목표는 7할 정도 달성된다.

"앞으로 조금."

우스이의 손에는 황제에게 서명하게 만든 서류가 갖춰져 있었다.

이것들은 황제의 뜻으로 내리는 칙령으로서 절대적인 효력을 지녔다. 준비는 갖춰졌다.

이쯤이 호기다.

"대신 각하. 각하께선 여기에서 쉬고 계시면 됩니다. 저희는 지금부터 행동을 개시할 테니까요."

"그래. 아무쪼록 잘해주게. 내 미래도 자네의 두 어깨에 달려있으니까."

뭐가 재미있는 건지 성대하게 크하하 웃는 대신이 우스이에겐 무척 불쾌했다.

어차피 이능도 없이 태어난 열등종 주제에.

협력하면 훗날 현재의 정부를 해체하고 이능이 천하를 잡는 시대에 이능이 없어도 중역을 맡게 해주겠다고 꼬드기자 문부대신은 바로 달려들었다.

계시라는, 정체를 알 수 없는 이능을 지닌 자가 그냥 그 이능을 이어받았다는 이유만으로 지배자가 되는 세계가 마음에 들지 않는다. 즉 자신이 정점에 서야만 만족한다.

그러한 야심으로 넘치는 문부대신을 포섭하는 건 쉬웠다.

"그럼 실례합니다."

우스이가 군 본부의 귀빈실에서 나오자 대기하고 있던 호죠가 따라왔다.

"조사님. 예정대로 대이특무소대는 저희가 만들어낸 이형의 구조를 해명하고 소란을 일으킨 대신 비서와 동지인 체신청의 관료를 연행한 모양입니다."

"수고했다."

우스이는 군 본부의 중앙 건물 복도를 당연하다는 얼굴로 활보했다. 하지만 지나가는 그 누구도 막지 않았다.

납치한 황제의 권위, 협력자들을 통해 정부에 미치는 영향력, 인공 이능력자들로 갖춘 전력. 이것들을 이용하면 대부분의 인간이나 조직은 굴복시킬 수 있다.

여기까지 오는 데 오래 걸렸다.

우스바 가문이 기울고 스미가 사이모리 가에 시집가는 게 정해지자 그녀에게 같이 도망가자고 권했지만 거절당했다.

자신이 도망치면 가문은 어떻게 되는가. 그녀는 가문을, 가족을 위해 비장한 각오를 다지고 그렇게 말했으리라.

우스이는 자신의 무력함을 한탄하며 가문을 증오하고, 인간을 증오하고, 나라를 증오했다.

가문을 배신하고 도망쳐다니는 사이에 증오는 결의로

바뀌었다.

자신이나 스미에게는 이능이라는 훌륭한 힘이 있는데, 그늘 속으로 쫓겨나 황제나 권력자들의 기분에 따라 벌레처럼 인생이 망가진다. 그런 세계는 잘못되었다. 잘못되었다면 고치면 된다.

우스바의 규정 같은 건 알 바 아니다.

이능력자가 나라를 움직일 수 있도록 바꿔버리자. 그러면 그 이능력자들보다 더 우수한 우스바 가의 이능력자인 우스이 자신이나 스미는 자유롭게, 원하는 대로 살 수 있다.

이상을 품은 우스이는 바로 행동을 시작했다.

전국을 돌면서 사람을 모으고, 정보를 모으고, 자금을 모으고—— 은밀히 거점을 만들어 설비를 갖추고 이형과 이능에 관련된 금단의 연구를 진행했다.

'하지만 그러는 사이에 스미를 잃어버렸지.'

국가를 전복하는 준비에 매진하던 우스이는 스미가 죽고 몇 년이 지난 뒤에야 그 사실을 알았다.

절망에 빠져 한 번은 모든 게 다 무의미해졌지만, 스미에게 딸이 있다는 걸 알고 다시 일어났다.

그때 사이모리 가에서 미요가 학대당하고 있다는 것도 알았지만, 국가를 바꿔버리면 상관없다. 오히려 현 상황에 불만을 느끼면 미요도 우스이의 사상에 찬동할 테니 잘 됐다고 생각했다.

하지만── 그러는 사이에 그녀는 쿠도 키요카를 만나고 말았다.

그리고 자신을 불행하게 만들던 가문과 가족을 미워하기 전에, 흔하고 무의미한 평온만으로 만족하고 말았다.

'그래서는 안 돼.'

잠깐은 만족한다고 해도 이능력자가, 우스바 가문이 받는 부당한 대우는 변하지 않았다. 바꿔야만 하는데 미요는 그걸 이해하지 않는다.

하지만 그녀도 자신의 사상이 틀렸고 우스이가 옳다는 걸 곧 알게 되리라.

모든 것을 뒤엎고 복수하기 위해 우스이는 드디어 움직이기 시작했다.

"황제는 어떤 상태지?"

"일단은 환자라서 죽지 않을 정도로는 돌보고 있습니다. 정말로 최소한이지만요."

호쵸의 보고에 우스이는 소리 없이 미소 지었다.

우스이가 나라를 손에 넣고 황제의 권위가 필요 없어지고 나면 황제를 극도로 괴롭혀 고통 속에서 죽일 생각이었다.

"내가 죽이기 전에 죽지 않게끔 조심하도록."

"알겠습니다."

미요가 쿠도 키요카의 약혼자가 되는 바람에 예정보다 준비를 서둘러야 했다. 그 때문에 원래 계획했던 내용에 비하면 충분하다고 할 수 없으나, 마지막에는 이능을 사용해 우악스럽게 밀어붙일 수도 있다.

이능력자를, 우스이를, 우스바를 위한 사랑스러운 세계를 만들고 이번에야말로 평안을 바칠 것이다. 스미에게. 미요에게.

"자, 가자. 붙잡힌 동지를 해방하러."

우스이는 호죠를 대동하고 군 사령부 건물을 뒤로했다.

목적지는 군 본부 내에 있는 특별구치시설이다.

이 시설은 최근에 설치한 것으로, 주로 평정단 등 인공 이능력자를 잡아두기 위해 이능 사용을 방해하는 설비를 도입해서 만든 특수한 건물이다.

출입구에 배치된 경비병을 지나친 두 사람은 이능 방해 처리가 된 감옥이 즐비한 시설 내부에 발을 들여놓았다.

"오오, 조사님!"

"조사께서 와 주셨다!"

"드디어 이곳에서 나갈 수 있어!"

감옥이 좌우로 늘어선 통로를 걸어가는 우스이를 보고

수감된 인공 이능력자들이 환호성을 질렀다.

그들에게는 어차피 바로 해방해줄 테니까 최대한 군인을 거스르지 말고 얌전히 잡혀있으라고 사전에 말해두었다.

하지만 그래도 감옥에 들어가면 불안했을 것이다.

우스이를 칭송하며 기뻐하는 수많은 쾌재가 좁은 통로에 귀가 따가울 만큼 끊임없이 울렸다.

“이거로군.”

통로를 곧장 걸어가자 막다른 곳에 제단이 있었다.

금줄을 두르고 호랑가시나무를 장식한, 나무로 간소하게 만든 신단 비슷한 제단. 이것이 여기에 있는 이능력자들의 이능을 막고 있다.

너무나 조잡한 장치라는 생각이 들었지만, 급조한 것이니 어쩔 수 없나.

우스이는 품에서 작은 검을 꺼내 검집에서 빼냈다.

그리고…… 제단을 향해 한 번 휘둘렀다.

간소한 목제 제단은 싱거우리만치 쉽게 무너져서 술식의 효력을 잃었다.

“호쇼, 열쇠.”

“네.”

짧은 대답과 함께 호쇼는 갖고 있던 열쇠로 감옥의 문

을 재빠르게 열어나갔다.

군대의 단속에 걸려서 연행된 이능심교 및 평정단 소속 단원들이 우스이에게 고마워하면서 우르르 감옥을 나섰다.

이만한 전력에 이능이 잘 듣지 않는 이형을 수없이 더한다면, 대이특무소대에 비해 이능력자의 질은 떨어져도 물량으로 압도할 수 있다.

그 쿠도 키요카도 더는 위협이 되지 않는다.

"자 그럼. 그쪽은 지금쯤 잘하고 있으려나."

우스이는 별동대로 보내놓은 수하들을 떠올리며 중얼거렸다.

❀ ❀ ❀

날이 저물고 한층 기온이 내려가자 눈도 점차 굵어졌다.

장갑을 껴도 손가락이 오므라들고, 하얀 입김이 어둠 속에 흐릿하게 나타났다가 사라지기를 반복했다.

미요 일행은 타카이히토의 궁전 주변에서 낮에 일어난 소란의 뒤처리에 쫓기고 있었다.

그만한 이형이 나타났으니 아직 어딘가에 숨어있을지도 모르므로 그걸 확인해야 했고, 엉망이 되어버린 자갈

길과 정원을 간단히 치우고 정비하기도 했다.

고도, 카즈시, 하즈키, 대이특무소대 대원들도 다들 코트를 입고 열심히 작업하고 있다.

유리에는 호위 건으로 여기저기 돌아다니느라 지쳤으니 실내에서 하는 일을 부탁했기 때문에 이 자리에는 없었다.

타카이히토도 무사한 상태로, 지금은 궁전 안에서 대기하고 있다고 들었다.

'하지만 아라타 씨는 돌아오지 않았어.'

아라타의 행방은 끝내 알지 못했다. 일절 모습을 드러내지 않은 채 완전히 자취를 감추고 말았다.

아무래도 궁 내엔 없는 것 같다는 것만은 판명되었으나, 그 이상의 흔적은 찾을 수 없었다.

걱정은 되지만 궁성에서 나갈 수 없는 미요는 그를 찾을 방법이 없었다.

'어디에 가 버린 걸까…….'

아라타는 임무를 중간에 내던질 만한 사람이 아니다.

그렇다면 어딘가에서 우스이의 공격을 받았거나 문제에 휘말린 건지도 모른다.

그렇게 생각하고 이미 키요카에게 수색을 부탁했다. 하지만 지금은 일손이 부족한 긴급 상황이니 수색에 인원을 얼마나 할애해줄 수 있을까.

'아라타 씨라면 어지간한 일은 괜찮을 테지만.'

불안은 끝이 없다. 하지만 그렇기에 미요 또한 키요카 옆에서 절대로 떨어지지 않겠다고 약속하고선 조금이긴 해도 그들을 돕고 있었다.

"몸이 식으니까 안에서 기다려도 괜찮아."

몇 분 간격으로 키요카가 권유할 때마다 고개를 저었다.

"괜찮습니다. 저만 따뜻한 방 안에 틀어 박혀있을 수는 없어요."

"그런가. 하지만 힘들어지면 바로 말해."

'네' 하고 대답한 뒤 정원에서 부러진 정원수 가지를 주웠다.

대단한 도움은 되지 않는다. 단순한 자기만족이라는 건 알지만, 아무것도 하지 않는 건 싫었다.

아직도 가슴이 계속 술렁거린다.

아라타가 사라졌다. 마찬가지로 키요카 옆에 없으면, 미요가 고작 몇 초라도 눈을 떼면 그 틈에 그가 사라져버릴 것 같아서 무서웠다.

키요카가 우스이에게 당할 리 없다.

믿고 싶은데, 가슴은 불길한 예감으로 끊임없이 흔들렸다.

잠시 후 눈이 발치를 새하얗게 물들였을 무렵. 미요의 불안은 현실이 되었다.

발단은 한 대원이 키요카에게 가져온 보고였다.

"뭐라고?"

"몇 번이나 확인했지만 아무래도 사실인 것 같습니다……."

낮에 잡은 문부대신의 비서관, 그리고 그 비서관의 증언을 통해 반역 혐의로 신병을 구속한 체신청 소속 문부대신의 관계자 등 모처럼 붙잡은 이능심교의 신도와 협력자들이 잇달아 석방되고 있다는 이야기였다.

황제의 이름으로 그들을 석방하라는 영장이 내려와서.

"——우스이 나오시인가."

땅 위를 기어가듯이 낮은 목소리로 키요카가 으르렁거렸다.

"대장님, 대체 어떻게 하죠?"

"우리는 오오카이토 소장 각하의 지시를 따를 수밖에 없다. 만약 각하께서 무사하지 않으신 경우에는——."

대화가 끊어졌다.

자갈을 밟는 여러 개의 군화 소리가 주변에 울려 퍼졌다.

궁성 내의 넓은 길에서 타카이히토의 궁전 현관 앞 정원까지 이어주는, 나무에 둘러싸인 좁은 길을 군복을 입은 집단이 빽빽하게 채우면서 우르르 달려왔다.

달이 보이지 않는 밤. 불빛이라고는 램프와 타카이히토의 궁전에서 흘러나오는 빛뿐.

마치 정체를 알 수 없는 그림자 덩어리 같은 무언가가 순식간에 덮어버리는 것 같았다.

그 검은 인파는 눈 깜짝할 사이에 미요 일행을, 대이특무소대 대원들을 삼키며 에워쌌다.

키요카는 즉각 미요를 정원 중앙에서 떨어진 타카이히토의 궁전 건물 근처로 이동시킨 뒤 자신의 등 뒤로 감쌌다.

숨을 쉴 새도, 이의를 제기할 새도 없었다.

신속하고 정확하게, 그 자리에 있는 전원을 향해 군인들이 검집에서 발도한 사벨을 들이밀었다.

"무, 무슨."

"쉿. 진정하고, 녀석들이 시키는 대로 해."

미요는 키요카의 소곤거림에 말없이 고개를 끄덕였다.

사벨을 이쪽으로 들이댄 건 대이특무소대 소속이 아닌 제국 군인과 검은 망토를 두른 사람들. 이능심교 신도인 모양이었다.

왜 이 두 무리가 함께 행동하는 걸까.

아무도 의문을 입에 담지 못한 채 고도와 카즈시를 포함한 대이특무소대 대원들도 다들 저항하지 않는다는 의사를 표명하기 위해 두 손을 머리 위로 들었다.

그리고.

그들을 이끄는 인물이 어둠 속에서 모습을 드러냈다.

잘 닦인 구두, 고급스러운 정장과 외투. 고상한 이목구비는 미요에게 몇 번이나 웃어주었던 얼굴이었다.

'아라타, 씨……?'

행방이 묘연해졌던 미요의 사촌오빠, 우스바 아라타의 얼굴에는 여느 때와 같은 호청년의 온화한 인상이 사라진 상태였다.

'어째서?'

아라타가 군대를 이끌고 자신들에게 칼을 들이대다니 말도 안 된다. 심상치 않은 무언가가 일어나고 있다.

이상하지 않은가. 그가 저쪽에 있다니.

게다가 이 군인들은 대체.

미요는 이해할 수 없는 일투성이라 두려움보다도 멍하니 서 있기만 했다.

"쿠도 소령님. 대단히 유감입니다."

온도가 담기지 않은 아라타의 말에 키요카는 눈썹을 찡그린 채 입을 열었다.

"무슨 소리지. 우스바, 너야말로 뭘 하는 거냐."

"당신에게는 각종 상해용의 및 황제를 납치하여 국가전

복을 꾀했다는 용의가 걸려있습니다."

"뭐라고?"

아닌 밤중에 홍두깨 같은 소리였다.

그 자리에 있는 전원이 제 귀를 의심하며 놀라움을 감추지 못했다.

"더불어 오늘 낮에 문부대신의 비서관을 부당하게 구속했죠. 이것도 죄상에 포함되어 있습니다."

"부당하다고? 우리는 임무를 수행했을 뿐이다. 그 비서관은 경호 대상인 민간인을 공격 및 궁에 이형 무리를 끌어들였지. 체포하는 게 당연하지 않나."

담담하게 얼토당토않은 죄목을 늘어놓는 아라타를 향해 키요카도 냉정한 어조로 대답했다. 하지만 서로가 상대방의 말을 일절 듣지 않는다는 게 뚜렷하게 느껴졌다.

크게 한숨을 쉬고는 품에서 애용 권총을 꺼낸 아라타가 천천히 그 총구를 키요카에게 고정했다.

"무슨 짓이지."

"얌전히 잡혀주십시오, 쿠도 소령님. 당신은 어엿한 용의자입니다."

아라타가 무슨 말을 하는 건지 전혀 이해할 수 없었다.

애초에 왜 그가 마치 법관인 것처럼 키요카를 규탄하고 잡으려 하는 건지도 알 수 없다. 관리도 뭣도 아닌 민간인인데 그것이야말로 부당하지 않은가.

하지만 실제로 군대를 움직여 그 칼날을 이쪽에 들이밀고 있다.

'어째서…… 우리가.'

칼날을 들이민다는 건 키요카가, 자신들이 어떠한 죄를 저질렀다는 소리다. 군대에게 경계해야 하는 적이 되었다는 소리이기도 하다.

"그, 그럴 리가……!"

미요는 무심코 앞으로 나서 반론하려고 했다.

무언가 잘못되었다. 키요카는 상해사건을 일으키지도 않았고, 황제를 납치하지도 않았다. 관여조차 하지 않았다. 애초에 황제를 데려간 건 이능심교이지 키요카가 아니다.

전부 엉터리다. 날조다.

"미요."

하지만 조용히 미요를 막은 건 키요카 본인이었다.

"황제의 신병은 이능심교의 협력을 받아 이미 군대가 보호했습니다. 폐하께선 당신의 관여를 증언했고 당신을 당장 구속하라는 지령을 내리셨죠. 또한, 대이특무소대의 임시 진영 및 주둔소도 이미 제압했습니다. 묘한 움직임을 보이면 즉각 전원 사살합니다."

총을 겨눈 아라타가 그 팔을 내리지 않은 채 키요카에게 걸어왔다.

"나는 모르는 일이다."

"안심하십시오. 증거도 나왔고, 도망치려고 한다면 반역죄를 저지른 지명수배자가 되어 이 제국의 어디에도 당신의 자리는 없어질 겁니다. 뭐, 도망치지 않는다고 해도 사형은 피할 수 없지만요."

아라타의 눈은 얼어붙을 듯이 차가웠다. 그곳에는 온정의 흔적조차 없었다.

주변 군인들도 미동도 하지 않은 채 칼을 거두려 하지 않았다. 평정단 복장의 사람이 한 명 앞으로 나와 칙령이 적힌 영장을 높이 들어 올렸다.

"쿠도 키요카는 황제에게 해를 끼친 대죄인이다. 신속하게 체포하라!"

아라타가 소리를 높여 명령한 것과 동시에 군인들이 키요카에게 다가와 손목에 수갑을 채웠다.

키요카라면 저항은 간단했을 텐데도 시종 가만히 있었다.

"우스바. 너는 그쪽에 붙는다는 건가."

긴장감이 감도는, 팽팽한── 그러나 어딘가 체념이 느껴지는 말투.

아라타는 긍정도 부정도 하지 않았다.

키요카가 저항하지 않는 건 아마도 주변 사람들을 위해서다. 뼈아프리만치 잘 알 수 있었다.

이 자리에서 그가 도망가려 하면 그야말로 대죄인의 친인척으로서 미요나 하즈키, 쿠도가에 관련된 전원의 안전을 보장할 수 없게 된다.

"아라타 씨!"

미요는 일말의 희망을 담아 사촌오빠를 불렀다.

하지만 냉혹한 빛이 깃든 시선이 자신을 꿰뚫자 그에 압도당해 몸이 떨렸다.

"미요는 가만히 계세요."

"모, 못합니다!"

그렇게나 다정하고 가족으로서 따랐던 사촌오빠가 무섭다.

마치 다른 사람이라도 되어버린 것 같았다. 가까이 가기 어렵고, 지금까지 그랬듯 똑바로 바라보는 것조차 망설여졌다.

"저를 화나게 하지 마세요, 미요. 당신은 알고 있지 않습니까. 조사의 생각을."

왜 그의 입에서 '조사'라는 단어가 나오는 걸까. 왜, 왜, 왜.

그토록 우스이의 짓에 분노하지 않았던가. 우스바를 재

건하려고 했는데 발목을 잡았다면서. 그랬는데.

"왜."

말라붙은 입 안에서 호흡이 갈라졌다.

아라타가 슥 시선을 돌렸다. 그 얼굴은 어둡고 탁한 그늘에 가라앉아 있었다.

"우스바 가에 이득이 됩니다. 저도 참 단순하다고는 생각하지만, 그것을 위해 우스이에게 협력하기로 했습니다."

"배, 배신하는 거예요……?"

"이 이상의 문답은 필요없겠죠. ──쿠도 키요카. 당신을 연행합니다."

조심스럽게 꺼낸 미요의 질문을 아라타가 단칼에 치워버렸다.

그는 정말로 그 아라타인 걸까.

강한 거절에 말문이 막혔다.

우스바 가문에 이득이 된다니. 그런 이유로는 수긍할 수 없다. 우스이는 우스바의 각종 규정을 깨고 살아온 인간이다. 계속 괴로워하며 우스바에 매이면서도 발버둥쳤던 아라타가 그런 그를 받아들인단 말인가.

아라타가 인생 모두를 걸고 짊어졌던 책임은 그렇게나 가벼웠단 말인가.

"아라타 씨!"

소리쳐봤지만 아라타는 멈추지 않았다. 군인들도 거들떠보지도 않았다.

"……우스바. 잠시 괜찮나?"

수갑으로 손의 움직임이 봉쇄된 키요카는 군인들에게 끌려가기 직전, 아라타에게 눈짓했다.

"뭐, 좋습니다."

아라타는 무언가를 알아차린 듯 군인들을 제지했다.

그렇게 잠시 군인들 사이에서 벗어난 키요카가 미요의 눈앞에 섰다.

얼어붙을 듯한 바람이 불었다. 소리 내어 불어닥치는 냉기가 눈을 휘감아 뺨을 시리게 어루만졌다.

"미요."

지금까지 들었던 것 중 가장.

따뜻하고, 부드럽고, 녹아버릴 듯 감미롭게 이름을 불렀다.

올려다본 그 아름다운 얼굴에는 지금부터 죽으러 가는 것이나 마찬가지인 사람으로는 보이지 않을 만큼 온화한 미소가 번져 있었다.

"후회하지 않도록 말해둘게."

듣고 싶지 않다.

들으면 분명 끝나버린다.

더는, 그 다정한 온기로 가득했던 나날로는 돌아가지 못하게 된다.

헤어지고 싶지 않다. 잃고 싶지 않다. 하지만 미요는 아무런 방도도 없이 그저 바라볼 수밖에 없다.

눈두덩이가 뜨거워졌다. 습기가 차올라 흐려진 시야로는 정말 좋아하는 사람의 얼굴도 잘 보이지 않는다.

"싫, 습니다. 듣고 싶지 않아요. 그러니까 가지 마세요."

키요카의 가슴에 뛰어들어 필사적으로 매달렸다. 눈물이 끊임없이 흘러 멈추지 않는다.

수갑을 찬 키요카는 방해라는 듯 손가락을 가볍게 배회한 뒤 몸을 숙였다.

그리고는 귓가에서 작게 속삭이는── 한 마디.

"사랑한다."

"……아."

사랑을 고하는 말은 별똥별처럼 툭 떨어져 사라진다.

온기를 가르쳐주었던 손이 미요의 머리카락 한 움큼을 쓰다듬고 멀어져간다.

"더 빨리 말했어야 했는데. 네 감정이 어떻든, 내 마음은 변하지 않으니까."

아쉬움조차 느껴지지 않는 태도로 키요카가 몸을 돌렸다.

먹구름에 달빛도 가로막힌 옅은 어둠 속에서 보라색 머리끈으로 묶인 머리카락이 살랑거린다.

미요는 다리에 힘이 들어가지 않아 희고 차가운 양탄자 위에 주저앉았다.

"하지만 미요. 내 이기적인 말을 들어줘. ……계속 기다려줘. 내가 돌아갈 때까지. 그 집에서."

마지막으로 그렇게 말하는 키요카의 표정이 보이지 않는다.

익숙한 등이 점점 멀어진다.

아아, 어째서.

알고 있었지 않나. 우스이 나오시가 무언가를 꾸미고 있었다는 걸. 키요카를 노리고 있었다는 걸.

그런데 위기를 전했다는 것만으로 만족하고, 일단 해결된 것처럼 보였기에 만족했다.

시간은 있었다. 몇 시간이나. 넉넉하게. 그런데도 미요는 대체 뭘 했는가.

자기만족에 잠겨 도움이 되었다고 착각하고, 무언가를 해냈다고 착각하기만 할 뿐 실제로는 아무것도 하지 못했다.

한편 그 몇 시간 사이에 우스이가 움직였고, 이렇게 키요카를 체포했다.

'나는 너무 어리석어.'

자신은 움직이지 못하니까. 보호받는 처지니까. 주술도 이능도 사용하지 못하니까. 배우기 시작한 게 늦었으니까. 어쩔 수 없다.

그렇게 이유를 대고, 변명하면서 행동하지 않은 건 미요 자신이다.

키요카는 강하니까 분명 괜찮을 거라고 믿으려 했다. 우스이가 부정했는데도 불구하고.

알고 있었는데.

세상에 당연한 것은 없다는 걸. 부당함은 여기저기 흔히 널려있으며, 저항하지 않으면 아무것도 변하지 않는다는 걸.

'이제 낭군님을 만나지 못할지도 몰라. 나 때문에.'

키요카가 준 사랑에 대답할 방법도 더는 없다.

사실은 오래전에 자신의 마음을 눈치채고 있었는데, 말할 수 있을 때 말하지 않고 도망치기만 했으니까.

역시 그것도 자신 때문이었다.

머릿속이 눈을 쑤셔 넣은 것처럼 온도를 잃고 새하얘졌다.

"윽……, 아아."

미요는 두 손으로 얼굴을 덮고 통곡했다.

종장

흐린 하늘에서 희고 덧없는 눈송이가 떨어져 내린다.

지상은 순백으로 차갑게 뒤덮였다. 발을 내디딜 때마다 무겁게 달라붙는 눈이 사람들의 걸음을 어렵게 했다.

타카이히토가 위기를 예지한, 순백이 펼쳐지는 눈의 계절이 도래했다.

미요는 오므라드는 손에 입김을 불었다.

붉고 하얀 작은 매화가 흩뿌려진 살구색 코몬에 움직이기 쉽도록 하카마를 입었다. 발에도 마찬가지로 기동성과 방한을 위해 조리 대신 흑갈색 가죽 신발을 신었다.

예전에 시어머니인 쿠도 후유에게서 물려받은 하얀 레이스 리본으로 머리카락을 묶고 얼굴에는 분과 입술연지를 바르자 준비가 끝났다.

아직 어두운 겨울 아침, 가늘게 눈이 내리는 쿠도가 본

저택 현관에 선 미요는 등 뒤를 돌아보았다.

'서간은 방에 남겨두었으니까…… 괜찮겠지.'

키요카가 연행되고 나흘 정도가 지났다.

그 후로 많은 것들이 변했다.

먼저 미요와 하즈키, 유리에는 타카이히토의 궁전에서 나와 쿠도가 본 저택으로 옮겼다.

타카이히토는 아직 위험하다며 말렸다. 하지만 우스이가 노리는 건 키요카였고, 그 목적이 달성된 이상 아마 이젠 미요를 직접 노리진 않을 것이다.

게다가 비서관의 습격 직전에 타카이히토의 궁전에서는 아무도 호위 의뢰를 받아주지 않았던 것도 있다.

그건 타카이히토의 강경한 태도에 반감을 품은 궁내대신의 짓이었다는 게 발각되어 대신에게서는 비공식적으로 사과받았다.

하지만 불신을 느끼기에는 충분한 사건이었다.

키요카가 연행되고 타카이히토 본인도 목숨의 위기가 코앞에 닥쳤다. 궁성 출입은 지금까지보다 더 까다로워지면서 외부인은 원칙상 출입이 금지되었다.

이젠 타카이히토나 궁내청도 미요 일행을 배려할 여유는 없을 것이다.

그러니 궁성에서 나온 건 잘한 일이었다고 생각한다.

'그리고——.'

연말부터 대이특무소대가 열심히 체포했던 평정단이나 이능심교의 인공 이능력자들은 우스이가 전부 석방해버렸다.

이능심교를 편드는 자는 석방되고, 반대로 거스르는 자는 잇달아 구속되고 있다.

제국의 정의는 완전히 뒤집혔다.

'거리나 풍경은 아무것도 변하지 않은 것처럼 보이는데.'

미요는 쿠도가를 둘러싼 울타리 너머로 하얗게 뒤덮인 제도를 바라보았다가 시선을 되돌렸다.

키요카가 연행되고 나흘 동안.

첫날은 아무것도 손에 잡히지 않아 망연자실한 상태로 지냈다. 둘째 날엔 타카이히토의 궁전에서 나와 쿠도가 본저택에 신세 지게 되었고, 셋째 날에는 방에 틀어박힌 채 결심했다.

'내가 낭군님을 맞으러 갈 거야.'

키요카는 두 사람의 집에서 기다려달라고 했다. 그게 유일한 그의 이기적인 바람이라고.

하지만 미요는 그 말을 듣지 않기로 했다.

'이능심교는 아마 날 기다리고 있어. 그래서 낭군님을 잡은 걸 테니까. 그러니 일부러 그쪽 계획대로 찾아가 낭

군님을 만날 거야.'

키요카는 체포당했고, 아라타는 배신했다. 대이특무소대와 카즈시도 키요카의 죄상에 가담했을 가능성이 있다는 이유로 지금은 평정단과 군인들이 섞여 있는 우스이 세력에 엄중한 감시를 받고 있으므로 다들 자유롭게 움직이지 못하는 상태다.

정부에서 내통자를 조사하던 오오카이토와도 여전히 연락이 되지 않는다.

다들 자기 일만으로도 버거운 상황. 미요만 응석부릴 수는 없다.

위험하다는 건 익히 알고 있다.

하지만 이번만큼은 그저 멍하니 기다릴 수는 없다.

왜냐하면 우스이가 기다리는 건 미요이고, 모든 건 그의 뜻대로 움직이고 있으니까.

여태까지가 잘못된 선택이었다. 결론을 내야 하는 건 미요 본인인데, 계속 다른 사람에게 맡겨선 안 되는 거였다.

움직이지 않으면 후회한다. 처절하게 깨달았다.

그동안 키요카에게 받은 부적은 품에 고이 넣어두었다. 미요에게는 그게 은장도다.

"……언니, 죄송해요."

하즈키에게는 아무 말도 하지 않고 나와버렸다. 아마도 같이 가겠다고 할 테니까.

더는 그녀를 끌어들일 수 없다. 쿠도가에서 기다릴 사람도 필요하고, 하즈키는 아사히의 어머니이기도 하다.

만에 하나의 사태가 일어났을 때 어머니를 잃을지도 모르는 아사히를 생각하면 역시 의지할 수 없다.

이능심교 상대로 목숨을 보장하지 못한다.

미요는 그만한 각오로 만나러 가는 것이다.

'나는 반드시 낭군님과 함께 무사히 돌아갈 거야. 그때 언니의 미소를 볼 수 있다면 낭군님도 안심하시겠지.'

돌아왔을 때 하즈키나 유리에가 맞아준다면 기쁘다. ……마음대로 행동했다고 혼날지도 모르지만. 그 후에 환영해줘도 괜찮으니까.

"꼭 돌아올게요."

최대한 밝게 웃으며 아무도 없는 현관을 향해 선언했다.

이 맹세는 절대 거짓말로 만들지 않을 것이다. 키요카를 데리고 반드시 돌아올 것이다.

"다녀오겠습니다."

미요는 발걸음을 돌려 홀로 걸어나갔다.

그때, 연행되는 키요카의 등을 바라볼 때── 지금까지 살면서 가장 크게 후회했다.

마음속 어딘가에서 이대로 무난하게 지낸다면 언젠가 전부 다 잘 풀려서 평화로운 나날로 돌아갈 수 있다고. 그렇게 안이한 생각을 했었던 것을.

'나는 정말 어리석었어.'

뭐가 평온한 생활로 돌아갈 수 있다면 그걸로 충분하단 말인가.

이렇게나 연약하게 무너지는 것을 당연하다는 양 누리면서, 그게 얼마나 소중한지 잊어버리다니.

마음을 고백하지 않으면 평생 후회한 채로 살게 될지도 모르는데.

"더는 망설이지 않아."

뽀득, 뽀득. 밟힐 때마다 울리는 눈 소리가 자칫 움츠러들 것 같은 마음을 단단하게 잡아주었다.

마음 약해지지 말라며 혼내준다.

이미 눈치채고 있었던, 키요카에게 느끼는 이 마음을 그에게 돌려줘야 한다.

말할 수 있을 때 말한다는 게 얼마나 중요한지 전혀 알지 못했다. 깨닫는 게 너무 늦었다.

하지만 아직 늦지 않았을 터.

좌우로 저택이 가득한, 사람이 잘 오가지 않는 겨울 길 저편을 똑바로 응시했다.

미요는 한 번도 돌아보지 않고 그저 앞으로 나아갔다.

후기

여러분, 대단히 오래 기다리셨습니다. 오랜만입니다.

최근 펜네임의 유래가 뭐냐는 질문을 받는 기회가 많아서, 그때마다 대답이 궁해 즉흥적으로 특이한 펜네임을 지은 걸 후회하고 있는 아기토기 아쿠미입니다.

이 작품도 드디어 5권에 돌입했고, 3권부터 이어진 우스이편(임시)도 슬슬 끝이 코앞에 다가왔습니다.

이야기를 쓰기 시작했을 때는 1권의 약혼 성사와 2권의 우스바 에피소드까지 다 쓸 수 있다면 좋겠다고 생각했는데 벌써 5권까지 왔네요. 이쯤 되니 제목 사기라는 느낌이 들지만, 간신히 앞이 보이기 시작해서 안도하고 있습니다.

이것도 다 『나의 행복한 결혼』을 계속 응원해주신 여러

분 덕분입니다. 팬레터도 정말 많이 받았고 큰 힘이 되고 있습니다. 감사합니다.

이번에도 평화로운 일상과는 거리가 멀고 시련 뒤에 또 시련이 닥치는 미요와 키요카, 그 외 캐릭터들이었지만 더 훈훈하게 연애하고 판타지하고 부부로서 생활하는 이야기도 언젠가 쓰고 싶다는 생각은 늘 하고 있습니다. 두 사람에게 소소한 행복을 많이많이 맛보게 해주고 싶어요……. 내용이 정반대 아니냐는 지적은 피해주셨으면 좋겠습니다…….

또 코우사카 리토 선생님의『나의 행복한 결혼』만화판도 감사하게도 무척 흥행하고 있습니다! 아직 보지 않으신 분은 스퀘어 에닉스의『강강 ONLINE』을 꼭꼭 확인해주세요. 너무 좋아서 벽을 부수고 싶어요!

매번 그렇지만 이 책을 완성하는 과정에서 많은 분들, 특히 담당편집자님께 몹시 걱정을 끼쳤습니다. 무사히 후기까지 도달했습니다. 감사합니다.

이번에도 표지 일러스트를 그려주신 츠키오카 츠키호 선생님. 무척이나 몽환적이고 아름다운 표지를 받고 여기까지 쓰길 정말 잘했다고 감격했습니다. 진심으로 감사드립니다.

마지막으로 이런 후기 막바지 부분까지 구석구석 읽어

주신 독자 여러분. 매번 『나의 행복한 결혼』의 세계를 함께 여행해주셔서 감사합니다. 5권도 재밌게 읽어주셨다면 좋겠습니다.

그럼 또 다음 기회에 뵈어요.

나의 행복한 결혼 5

2024년 3월 15일 1판 1쇄 발행

저　　자 아기토기 아쿠미
일 러 스 트 츠키오카 츠키호
옮 긴 이 현노을
발 행 인 유재옥
이　　사 조병권
출판본부장 박광운
담 당 편 집 정영길
편 집 1 팀 박광운 최서영
편 집 2 팀 정영길 조찬희 박치우 정지원
편 집 3 팀 오준영 이해빈 이소의
디자인랩팀 김보라 박민솔
디지털사업팀 박상섭 김지연 윤희진
라이츠사업팀 김정미 맹미영 이윤서
영업마케팅팀 최원석 박수진
물 류 팀 허석용 백철기
경영지원팀 최정연
인쇄제작처 ㈜코리아피엔피
발 행 처 ㈜소미미디어
등　　록 제2015-000008호
주　　소 서울시 마포구 토정로222, 403호 (신수동, 한국출판콘텐츠센터)
판매 및 마케팅 (070) 8822-2301

ISBN 979-11-384-2520-9 (04830)
979-11-384-0626-0 (세트)